LE SANG DES BELASKO

DE LA MÊME AUTEURE

L'Art du meurtre, L'Archipel, 2020 ; Archipoche, 2021.

CHRYSTEL DUCHAMP

LE SANG DES BELASKO

suspense

l'Archipel

Notre catalogue est consultable à l'adresse suivante :
www.editionsarchipel.com

Éditions de l'Archipel
34, rue des Bourdonnais
75001 Paris

ISBN 978-2-8098-4040-7

À Isabelle

« Eussent-ils été dans une antique demeure à l'escalier et aux parquets branlants, avec un peu partout des recoins d'ombres et des murs lambrissés, ils auraient pu éprouver des frayeurs sinistres, mais tel n'était pas le cas. Dans cette habitation ultramoderne, point de recoins sombres ni de panneaux mobiles ; partout la lumière électrique se répandait à flots, tout y était neuf, brillant, étincelant ! Rien ne pouvait s'y dissimuler… Il y manquait l'atmosphère des vieilles maisons hantées.

Pourtant, elle inspirait à ces nouveaux venus une épouvante inexplicable. »

Agatha Christie, *Dix Petits Nègres*
(traduction de Louis Postif,
Librairie des Champs-Élysées,
coll. « Le Masque », 1940)

Prologue

Certains jours sont restés gravés dans ma mémoire.

Celui où les Belasko franchirent mon seuil en est un.

Avant leur arrivée, j'étais seule, salie, meurtrie. Le lierre m'étouffait, mes murs se fissuraient, mon toit laissait entrer la pluie. Abandonnée des humains, j'avais perdu toute ma splendeur. Pourtant, sous mes haillons, un homme discerna ma beauté. Dès lors, il n'eut plus qu'un objectif : me rendre ma superbe.

Durant plusieurs mois, les artisans se relayèrent pour me rénover. Sous leurs mains, je ressuscitai. Grâce à eux, mon cœur se remit à battre et un souffle nouveau m'anima. Mon avenir s'annonçait radieux.

Les travaux s'achevèrent et les Belasko s'installèrent. Je n'ai qu'à fermer les yeux pour retourner dans le passé, quarante ans plus tôt, lorsque les membres de la famille posèrent leurs bagages dans le hall de mon entrée. Ils étaient sept : le père, la mère et leurs cinq enfants. L'un d'eux n'était qu'un bébé dans un couffin. Les autres, deux petites filles et deux jeunes garçons, foulaient mon parquet en hurlant d'excitation. Fous de joie, ils couraient, riaient, s'embrassaient et étreignaient leurs parents. Je surpris leur père essuyer une larme. Son émotion me toucha. Ces instants étaient uniques, précieux. Jamais je n'avais été aussi heureuse.

Pendant des années, j'eus le bonheur de voir grandir les enfants. Je partageai leurs joies et leurs peines. Je m'attendris lorsque Philippe présenta sa petite amie ; je frémis lorsque

Mathieu rentra de discothèque ivre mort ; je me réjouis lorsque Garance intégra une école hôtelière ; je pleurai lorsque Solène apprit qu'elle était diabétique ; je frissonnai lorsque David entreprit d'escalader le chêne centenaire.

En mon sein, la tribu se forgeait des souvenirs et unissait son histoire à la mienne. Son amour pour moi était si fort qu'elle me baptisa d'un nom : « Casa Belasko. » En me donnant son patronyme, elle fit de moi un membre de la famille à part entière. Notre communion était totale.

Hélas, toutes les belles choses ont une fin et, les uns après les autres, les oisillons quittèrent le nid. Un premier. Puis un deuxième. Jusqu'au dernier. Les époux restèrent et, malgré l'amour qu'ils me portaient, la nostalgie me gagna. Les enfants me manquaient. Bien sûr, ils me rendaient visite, mais ils avaient changé. Je ne retrouvais plus cette simplicité qui avait fait notre quotidien. Je regrettais l'innocence perdue. Avec amertume, je constatais leurs différends. Les rancœurs avaient pris la place des chamailleries. Ce n'était plus des histoires de jouet volé ou de dessin gribouillé. C'était plus dur, plus violent. Les enfants étaient devenus des adultes. Jaloux. Vénaux. Méchants.

Ma vie bascula lorsque la mort emporta Mme Belasko. Un souvenir atroce que j'aurais aimé effacer de ma mémoire. Et quand, quelques mois plus tard, son époux me quitta à son tour, mon cœur se brisa.

Mélancolique, j'admirai les feuilles des vignes bercées par le mistral. Je gorgeai mes poumons de l'odeur des lavandes et me laissai entraîner dans la valse des abeilles qui les butinent. Je m'émerveillai devant la beauté du soleil se couchant sur l'amphithéâtre naturel de roches dorées. Mais les volets roulants se rabattirent sur mes baies vitrées et empêchèrent la lumière d'entrer. Les paupières fermées, je plongeai dans l'obscurité. J'essayai de garder la tête haute mais, au plus profond de mon être, j'étais anéantie. Qu'allais-je devenir ?

Ma solitude ne dura pas.

Quatre jours après le décès de M. Belasko, les enfants décidèrent de se réunir, une dernière fois, entre mes murs.

Cette première nuit de l'été, la plus courte de l'année, fut la plus longue de mon existence. Je savais ce qui m'attendait. Je savais que les cinq frères et sœurs hausseraient le ton et que j'assisterais, impuissante, à leurs querelles. Mais jamais je n'aurais imaginé être témoin d'une telle tragédie.

Acte I

« Mes chers enfants,
les choses que vous lirez dans cette lettre
vous blesseront peut-être.
Mais n'oubliez pas :
La vérité, c'est la vie.
Bon ami, autour de ce foyer,
ne médis d'aucune créature. »

Les relents de désinfectant soulevèrent l'estomac du capitaine Jouvry. Il avait beau fréquenter souvent les hôpitaux, il ne parvenait pas à s'habituer à leur odeur.

Il traversa le hall d'accueil à grandes enjambées en regardant l'heure sur son téléphone portable. 16 heures. Un détour par le distributeur s'imposait. Le capitaine n'avait rien mangé depuis le petit-déjeuner et il commençait à se sentir faible. Ce n'était pas le moment de flancher.

Après avoir englouti une barre chocolatée, il s'élança dans les escaliers et grimpa jusqu'au quatrième étage. Pensif, il arpenta le long couloir, salua une infirmière avant de s'arrêter devant la chambre 428. Il essuya la sueur sur son front, puis frappa à la porte. Une voix lointaine l'invita à entrer.

Dans un océan de draps blancs reposait une silhouette allongée sur le dos, bras et jambes tendus, les yeux rivés au plafond. Cette scène submergea le capitaine de tristesse. Elle le renvoyait à son propre passé, et le souvenir de sa mère, rongée par un cancer revint le hanter.

Pour chasser son émoi, Jouvry se mordit la lèvre et inspira. Il s'approcha ensuite de la silhouette qui pencha lentement la tête vers lui et le fixa d'un regard vide. Sa bouche s'entrouvrit – dans ce qui semblait être un effort incommensurable – mais aucun son n'en sortit. Le capitaine afficha son sourire le plus rassurant et prit la parole.

— Vous souvenez-vous de moi ?

— Oui. Nous nous sommes vus au commissariat.

— Exact. Je suis le capitaine Jouvry. Lorsque nous nous sommes quittés ce matin, vous étiez en état de choc. Comment vous sentez-vous à présent ?

L'absence de réponse fit prendre conscience au capitaine de l'ineptie de sa question. Il se rappela sa famille et ses amis qui, le jour de l'enterrement de sa mère, avaient laissé échapper un « tu tiens le coup ? » en l'étreignant. Dans certaines situations où les banalités n'ont plus leur place, mieux vaut s'abstenir de tout commentaire.

Jouvry posa son téléphone portable sur la table de chevet, s'assit sur une chaise près du lit et, après s'être raclé la gorge, enchaîna.

— J'aimerais que nous parlions de cette nuit.

En entendant ces mots, la silhouette s'agita.

— Oh, mon Dieu ! Cette nuit… d'horreur…

Le capitaine, conscient du trouble que suscitait ce souvenir, demanda de sa voix la plus douce :

— C'est ainsi que vous la définiriez ?

— Un enfer. Un cauchemar. Non… Aucun de ces mots ne convient. Pas un ne peut décrire ce que j'ai vécu. Ce que *nous* avons vécu. Comment aller de l'avant après un tel traumatisme ?

— Les médecins vous aideront.

— Leurs médicaments m'assomment. Vous devriez leur dire de diminuer les doses, sinon mon cerveau va exploser.

— Il faut leur faire confiance.

Une moue résignée. Une larme qui glisse lentement sur la joue pour s'échouer sur les draps. Puis un silence embarrassant que le capitaine s'empressa de rompre.

— Êtes-vous capable de me raconter ce qui s'est passé ?

— Je peux essayer, mais j'espère que vous n'êtes pas pressé : c'est une longue histoire.

— J'ai tout mon temps. Nous ferons une pause dès que vous en éprouverez le besoin.

La silhouette se redressa et ne put dissimuler son anxiété.

— Allez-vous me mettre en examen ?
— Pourquoi cette question ?
— N'envisagez-vous pas ma culpabilité ?
Jouvry laissa s'écouler quelques secondes avant de répondre :
— Les premiers éléments de l'enquête prouvent clairement votre innocence. Si je suis venu vous rendre visite, ce n'est pas pour vous envoyer derrière les barreaux, mais pour comprendre.
— Me croirez-vous ?
— Démêler le vrai du faux ? Ne vous inquiétez pas : c'est mon métier !
Sceptique, la silhouette haussa les épaules. Le capitaine insista :
— Racontez-moi votre histoire en toute simplicité.
— Par où commencer ?
— Le début. Que faisaient cinq frères et sœurs dans cette maison ?
— Notre père, André Belasko, voulait que nous nous réunissions dans la demeure familiale, la veille de ses obsèques, pour prendre connaissance de son testament. Son enterrement ayant lieu aujourd'hui, nous nous sommes donc donné rendez-vous hier soir à la Casa.
— À quelle heure ?
— 19 heures.
— Étiez-vous heureux de vous retrouver ?
— Non.
La franchise de cette réponse surprit le capitaine.
— Pourquoi ?
— Les tensions entre nous étaient nombreuses. Je savais que la question de l'héritage n'allait rien arranger. La soirée promettait d'être houleuse. Mais ce déferlement de haine et de violence… Qui aurait pu deviner que nous en arriverions là ?

1

Philippe

De la musique s'élevait dans la vallée et il était possible de reconnaître certaines des chansons interprétées – parfois massacrées – par les musiciens amateurs. De nombreux badauds flânaient dans les rues, s'apprêtant à ingurgiter des hectolitres de bière et des tonnes de kebab dans une atmosphère bon enfant. L'insouciance allait rythmer les festivités de ce 21 juin.

Philippe se préparait, pour sa part, à vivre une soirée digne d'une mauvaise série télévisée. Le scénario se résumait à quelques mots: *deux frères qui se détestent se retrouvent pour lire le testament de leur père*. Philippe comparait aussi sa relation avec Mathieu à celle de Guignol et du Gendarme, coups de bâton compris. Il redoutait chacune des retrouvailles avec son cadet. Depuis quatre jours, il avait perdu l'appétit et ne dormait plus. Mathieu était capable de tout. Il pouvait se fâcher pour un rien ou en venir aux mains pour une remarque jugée déplacée. Cet imbécile pouvait aussi lui casser le nez lors de la cérémonie funéraire du lendemain. Il avait déjà fait pire.

Avec une carte magnétique, Philippe déverrouilla le portail noir et roula au pas sur le chemin menant à la Casa. Il se gara à l'ombre d'un pin et sortit de sa voiture. Il était à l'heure et, hélas pour lui, Guignol l'était aussi. Appuyé contre sa vieille Peugeot, tourné vers la vallée côté ouest,

Mathieu ignora l'arrivée de son frère. Philippe, comme d'habitude, allait devoir faire le premier pas. Pour reculer l'échéance, il admira le panorama côté est. Instantanément, les sensations de son enfance refirent surface : les odeurs de lavande, de sève de pin, le chant des cigales, le frou-frou du mistral dans les feuillus et les teintes uniques du ciel – aquarelle composée de rose, de parme, d'orange.

La mélancolie gagna Philippe. Chaque fois qu'il foulait ces terres, il se retrouvait projeté dans le passé, une époque où tout était plus simple, plus pur, plus beau.

Un éclat scintilla près de lui. Le soleil frappait de ses rayons les lettres « Casa Belasko » au-dessus de la porte d'entrée. Lorsque la famille s'était installée au domaine, papa avait insisté pour donner un nom à la maison. Selon lui, c'était une marque d'affection, une preuve d'amour. Parents et enfants s'étaient rassemblés dans le salon, autour de la cheminée en pierre, et les idées de chacun avaient été notées sur une feuille. « Casa Belasko » avait remporté tous les suffrages. Sans attendre, papa avait contacté un ferronnier. L'artisan, meilleur ouvrier de France, avait découpé d'imposantes lettres dans du métal puis les avait fixées sur la façade. Un baptême avait été organisé avec invités, champagne et petits fours. Chez les Belasko, on ne faisait jamais les choses à moitié.

La Casa : une référence aux origines espagnoles de la famille, mais aussi à Barcelone où Mme Belasko et les enfants s'étaient rendus lors de vacances estivales. Tous les six avaient été subjugués par l'originalité de la Casa Milà, édifice du célèbre architecte Gaudí. Mise à part cette anecdote, la Casa ne partageait aucun point commun ni avec le modernisme catalan ni avec l'esthétique naturaliste chère à Gaudí. Elle évoquait plutôt le style Prairie School, un mouvement ayant sévi au même moment aux États-Unis : des lignes horizontales, une construction basse, des toits débordants, des terrasses en encorbellements, la combinaison de matériaux traditionnels comme la pierre et le bois avec d'autres plus novateurs tels le béton et l'acier, et de larges baies vitrées permettant une communion avec la nature. « Une Prairie doit être parfaitement intégrée au paysage », avait précisé Frank Lloyd Wright, fer de lance de ce courant architectural. S'il avait vu la Casa, il aurait sans conteste adoré cette belle américaine en plein cœur de la Provence, décor idéal d'un film hollywoodien.

Adolescent, Philippe avait d'ailleurs été troublé par la ressemblance entre leur maison et celle de *La Mort aux trousses*. Après avoir visionné ce chef-d'œuvre d'Alfred Hitchcock, il avait reproduit maintes et maintes fois les scènes interprétées par Cary Grant. Il s'imaginait fuir les sbires de Vandamm, échapper à leur biplan, escalader les parois rocheuses du mont Rushmore et embrasser Eva Marie Saint avec fougue – sa scène préférée.

Avant la naissance de David, André Belasko, admirateur du travail de Wright, avait envisagé de faire construire une bâtisse inspirée du style Prairie. Il s'était procuré un livre sur le sujet et avait croqué la maison de ses rêves. Puis il avait remisé son projet en héritant de la Casa qui remplissait en tout point son cahier des charges.

Philippe avait souvent feuilleté cet ouvrage sur Wright. Une photo – légendée « Le domaine maudit de l'architecte » – et le récit qui l'accompagnait l'avaient marqué. En y repensant, il fut saisi d'un frisson. D'après les on-dit, la Casa était, elle aussi, maudite. Dans la vallée, on certifiait qu'elle était hantée, que le raisin des vignes était empoisonné et que quiconque en buvait le vin perdait la tête. Mais André Belasko était resté indifférent à ces superstitions.

Philippe leva un regard aussi nostalgique qu'amusé sur la Casa. Hantée ? Certainement pas. Avec le temps, les enfants avaient appris à tourner ces histoires en dérision. Rien ne les amusait plus que s'affubler de draps blancs et déambuler dans les couloirs en poussant des « hou-hou » effrayants.

Si cet endroit n'inspirait que tranquillité et sécurité, la rumeur, pourtant, courait et assurait qu'un drame avait eu lieu autrefois entre ces murs. Malgré l'insistance des enfants, M. Belasko refusait d'aborder le sujet. Philippe, pour satisfaire sa curiosité, avait interrogé ses camarades de lycée. Leur réponse : la Casa avait été le théâtre d'une tragédie, mais, chez eux aussi, la question était tabou. Philippe avait alors décidé de mener l'enquête par ses propres moyens. Au cours d'une longue journée d'hiver, il avait exploré chaque pièce à la recherche d'indices. Trois heures durant, il avait fouillé placards et tiroirs sans succès. Il avait ensuite enfourché sa bicyclette et fait le tour du domaine. Les vignes, les bois en contrebas… Pas un hectare n'avait échappé à sa vigilance. Une pluie fine s'était soudain mise à tomber, sans toutefois détourner Philippe de son objectif. Il avait emprunté le chemin sinueux à flanc de falaise – dont ses parents interdisaient l'accès – mais les roues de son vélo s'étaient embourbées et le jeune homme avait dû abandonner sa monture. Après avoir parcouru quelques mètres à pieds, il s'était résigné : s'aventurer plus loin était trop dangereux. Philippe s'était apprêté à faire demi-tour, lorsqu'un détail avait attiré son attention. Prenant appui contre le soubassement en pierre, il avait progressé le long de la maison jusqu'à un soupirail. Il avait collé son front contre le verre martelé sans parvenir à distinguer l'intérieur de cette pièce mystérieuse. La pluie battante l'avait finalement contraint à suspendre définitivement ses investigations.

Une dernière fois, il avait inspecté la façade de la Casa et dénombré quatre soupiraux. Il s'était ensuite rendu dans la cave, et n'en avait compté que trois.

À quoi correspondait cette quatrième ouverture ? Une pièce secrète ? Mais comment y pénétrer ? Il n'y avait aucune porte… Philippe aurait pu questionner son père à ce sujet, mais un pressentiment l'en avait empêché. En revanche, il avait partagé sa découverte avec ses frères et sœurs. Toute la soirée, ils avaient tenté d'imaginer ce qui se cachait derrière ce soupirail. Des histoires terrifiantes avaient été inventées à la lueur d'une lampe de poche et le petit David, apeuré, s'était mis à pleurer.

Philippe regarda sa montre et constata avec surprise qu'il admirait le paysage depuis dix minutes et qu'il n'avait toujours pas salué son frère. S'armant de courage, il se dirigea vers Mathieu qui lui tournait toujours le dos. Accepterait-il de lui dire bonjour ? Pourquoi refuserait-il en pareilles circonstances ? Ne pouvait-il pas laisser ses rancœurs au vestiaire ? Au moins pour une soirée ?

Main droite tendue devant lui, Philippe se posta derrière son frère qui pivota enfin. Il observa, avec dédain, la poigne qui lui faisait face et la serra à en briser les phalanges. Philippe le dévisagea en grimaçant. Toute la famille s'accordait à dire que les deux hommes se ressemblaient. C'était vrai. Bruns aux yeux noirs, le teint mat, la mâchoire carrée et les pommettes hautes. Mais, depuis une vingtaine d'années, un détail les différenciait : Mathieu portait une barbe. « Pour qu'on ne me confonde plus avec mon abruti de frère », avait-il dit.

— Ça va, Mat ?

— Je n'ai rien à te dire. Et la mort de notre père ne changera rien au mépris que tu m'inspires.

Philippe lâcha la main de son frère avec empressement. Il ne s'attendait pas à un tel affront. Du moins, pas tout de suite. En quelques secondes, il s'était retrouvé dans les cordes, sonné, face à un poids lourd de cent kilos prêt à lui décocher un nouvel uppercut. Trois adjectifs suffisaient pour décrire cet adversaire : violent, rancunier, sarcastique. Philippe venait d'avoir un échantillon de chaque en un temps record.

— Mettons un peu d'eau dans notre vin, d'accord ? Un week-end ensemble, Mat, ce n'est pas la mer à boire.

— Tu espères encore que je pardonne ta traîtrise ?

— Je pensais qu'avec la mort de notre père…
— Eh bien non!
— Mais…
— Je n'ai qu'une chose à te dire, Philippe: regarde-moi bien, car c'est la dernière fois que tu me vois.

2

David

David ralentit devant l'entrée du domaine et regarda le tableau de bord. 19 h 30. Des embouteillages dans la vallée, des axes fermés et un contournement de plusieurs kilomètres l'avaient retardé. Pour lui qui aimait la ponctualité, c'était loupé. En râlant, il agita sa carte magnétique devant le capteur du portail. Les deux battants en fer forgé s'ouvrirent. Au loin, trois petits lapins prirent leurs pattes à leur cou pour se réfugier dans les fourrés.

David but une gorgée d'eau fraîche et enclencha la première. Il se sentait fébrile. Enfant, la route qui serpentait sur la colline lui donnait mal au cœur. Quarante ans plus tard, rien n'avait changé.

Il attrapa un mouchoir dans la boîte à gants et essuya la sueur sur son front. Dans le rétroviseur, son reflet lui renvoya l'image d'un fantôme. Teint livide, joues creusées, paupières cernées. S'il avait eu à fêter Halloween, il n'aurait pas eu besoin de se grimer.

Occupé à examiner sa mine fatiguée, David ne vit pas l'ombre bondir devant son pare chocs. D'un coup sec, il enfonça la pédale de frein et étouffa un cri. La voiture s'arrêta juste à temps pour éviter le drame.

Tout en reprenant ses esprits, David chercha dans les feuillages *celle* qui avait causé sa frayeur. Une biche. Elle se tenait entre les pins, à quelques mètres seulement. Sa robe caramel luisait sous les rayons du soleil et ses magnifiques yeux rehaussés de noir ne quittaient pas David. Elle ne bougeait pas et restait sur ses gardes, consciente qu'elle devait se méfier des humains. Des êtres dangereux.

Les animaux sauvages peuplaient ces bois depuis toujours. En croiser un était une chance, l'approcher un luxe. Petit, David aurait tenté le coup. À pas feutrés, en veillant à ne pas écraser de branches mortes, il serait allé à la rencontre de la biche, aurait retenu son souffle jusqu'à ce qu'elle déguerpisse en secouant sa petite queue blanche. Cette époque était révolue.

Sourire aux lèvres, David se remit en route. Le domaine était inhabité depuis quatre jours et les bêtes avaient déjà repris possession des lieux. Elles allaient et venaient en toute liberté. Leur présence n'était pas à craindre : elles, au moins, respecteraient cet endroit et ne lui feraient aucun mal.

La maison apparut enfin et David soupira en la découvrant. Il avait hâte d'en finir. S'il l'avait pu, il se serait téléporté dans le futur. Six mois, un an, une décennie plus tard, qu'importe. Il voulait que la vie reprenne son cours. Depuis le début de l'année, la clepsydre se vidait à une lenteur insolente et la petite aiguille parvenait difficilement à rattraper la grande.

David se gara sous le pin de l'Himalaya, sa place habituelle. Cet automatisme le fit sourire et lui en évoqua un autre : les repas quotidiens autour de la table de la salle à manger durant lesquels les membres de la famille s'asseyaient systématiquement au même endroit. Papa et maman présidaient à chaque extrémité. Garance s'installait près de sa mère. Solène choisissait le centre de la table pour pouvoir participer à toutes les discussions. Philippe et Mathieu, inséparables, mangeaient côte à côte. David prenait place à droite de son père. Maintes fois, il avait récolté les moqueries de ses frères qui l'appelaient « Jésus », lui aussi assis à la droite de Dieu, le Père tout-puissant. Ce surnom agaçait le benjamin au plus haut point.

David descendit de voiture et jeta un œil à son téléphone portable : au sommet de cette colline, pas de réseau. Ce qui, par extension, signifiait : ni mails ni notifications. Ce week-end à la campagne serait l'occasion d'une pause avec Internet. *Se contenter des choses simples,* se dit-il en s'étirant. Ce mouvement lui arracha une grimace de douleur. Les deux heures au volant avaient été éprouvantes. Son dos le faisait souffrir. Les maux typiques de celui qui passe sa vie professionnelle assis derrière un écran.

Au loin, David aperçut ses deux frères, qui semblaient avoir un échange mouvementé. Avant de les saluer, il décida d'aller se dégourdir les jambes et emprunta le chemin entre les vignes. La terre battue souilla ses tennis blanches et macula le bas de son pantalon vert. Enfant, il adorait jouer ici, au grand désespoir de sa mère. Elle le lui interdisait et le punissait lorsqu'il revenait couvert de boue. II se fichait d'être privé de dessert. Il se délectait d'un plaisir bien plus coupable : défier l'autorité parentale.

David s'agenouilla et prit une feuille de vigne entre ses doigts.

Quarante ans auparavant, André Belasko avait hérité de la fortune de ses parents, du domaine viticole perché sur cette colline et de la bâtisse. Il aurait pu revendre ce bien, mais en était tombé amoureux et avait tout mis en œuvre pour le réhabiliter. Cet endroit était devenu le nid des Belasko. Leur forteresse. Leur fierté. Gamin, David aimait inviter ses amis chez lui dans l'unique but de susciter leur jalousie. Le lendemain, dans la cour de l'école, il épiait leurs conversations et exultait en entendant les mots choisis pour qualifier *sa* maison. Solène se servait, elle, de la Casa comme d'une redoutable arme de séduction. Chaque garçon qui franchissait la porte d'entrée devenait son « petit ami ».

Dans la vallée, on jalousait cette magnifique demeure et on enviait la réussite d'André Belasko. Pourtant, cet homme n'avait pas volé sa notoriété. Vigneron était sa vocation.

Il maîtrisait son métier sur le bout des doigts et connaissait ses terres. Il disposait d'un palais remarquable et savait déterminer le moment opportun pour faire les vendanges. Quant à son intuition, elle était sans faille. Il fallait ajouter à tout cela sa vaillance et sa persévérance et vous obteniez le meilleur producteur de vin rouge de la région. Les chefs étoilés s'arrachaient ses cuvées spéciales et le marché chinois représentait plus de 40 % de son chiffre d'affaires.

Une triste réalité brisa soudain le cœur de David : la mort de son père entraînait celle des grands crus Belasko.

Une existence pour bâtir un empire. Quelques secondes pour le réduire à néant.

David sentit sa gorge se nouer. Depuis son plus jeune âge, la mort le terrorisait. Pas la sienne. Celle des autres. Craindre pour la vie de ses frères et sœurs était devenu une obsession qui lui provoquait cauchemars et nuits blanches. Ses parents avaient tenté de le rassurer mais leurs efforts étaient restés vains. Désemparés, ils l'avaient emmené chez un psychologue. Son diagnostic avait été sans appel : « syndrome de la mère poule. » Il avait suggéré un traitement pour calmer ces peurs irraisonnées. Mme Belasko avait refusé. *On ne donne pas des médicaments à un gamin de sept ans.* Aussi David n'avait-il pas eu d'autre choix que de cohabiter avec ses démons. Pour apaiser ses angoisses, il surprotégeait les siens et les dissuadait de prendre des risques. Rien n'y faisait. Ses sœurs riaient lorsqu'il refusait de grimper à l'arbre pour les rejoindre dans la cabane. Ses frères se moquaient de lui lorsqu'il hésitait à enfourcher son vélo pour dévaler la colline. Il passait pour le trouillard de service, mais il s'en fichait.

Je n'avais pas peur pour moi.

J'avais peur pour vous.

Un cri tira David de ses pensées.

Il se redressa. Malgré le soleil éblouissant, il distingua ses deux frères qui s'élançaient à sa rencontre. Philippe, fou de joie, se jeta dans ses bras, puis ce fut au tour de Mathieu de l'étreindre.

— Content de te voir, David !

— Moi aussi, les gars !

— Les filles ne sont pas encore là ?

— Non. Solène devait retrouver Garance à Lyon mais tu la connais : toujours en retard ! Elles ont dû se mettre en route il y a une heure…

— On ouvre la Casa ou on les attend ?

Mathieu eut un mouvement de recul.

— Allez-y. Je vais faire un tour dans les vignes.

Sans attendre, Philippe agrippa David et l'entraîna vers l'entrée. Il semblait ravi d'être momentanément débarrassé de son frère. En sifflotant, il agita sa carte magnétique devant la porte pour la déverrouiller. David posa sur lui un regard embarrassé et demanda :

— Mathieu a-t-il accepté de te dire « bonjour » ?

— Oui ! Mais il ne m'a pas épargné quelques horreurs…

— Depuis quand ne vous étiez-vous pas vus ?

— Janvier. La mort de maman.

— Et depuis, rien ?

— Que dalle ! Pas un appel, pas un mail.

— Merde !

— Laisse tomber ! Mathieu me déteste.

— J'aimerais tellement que les choses s'arrangent entre vous.

Philippe se tourna vers David. Un large sourire illuminait son visage, pourtant, ses yeux trahissaient une infinie tristesse.

— Tu sais, David, quand on est con, c'est comme quand on est mort : c'est à jamais.

3

Mathieu

Le plus grand souhait d'André Belasko était que l'un de ses fils prenne sa suite. Il avait proposé à Philippe de lui transmettre sa passion, mais l'aîné – au caractère bien trempé – avait refusé en bloc. Ce métier ne l'intéressait pas. Il voulait être architecte. Son père avait trouvé cette excuse recevable et s'était tourné vers son fils cadet, avec l'intention de faire de lui l'héritier du trône. Mathieu se souvenait de sa première journée d'initiation. Papa lui avait demandé de mettre une casquette, d'enfiler des vêtements confortables et des chaussures de marche, puis tous deux s'étaient rendus dans les vignes. La leçon avait débuté sous un soleil de plomb. Son père avait tout d'abord défini le métier de vigneron, à ne pas confondre, avait-il précisé, avec celui de viticulteur.

— Le vigneron prend soin de ses terres. Il cultive ses vignes avec amour. Il récolte le raisin avec soin, le transforme en vin qu'il élève et goûte pour produire l'élixir parfait, le met en bouteille et le commercialise. Aucune étape ne lui échappe. Le vin est son enfant. Il l'accompagne de sa naissance à sa vie d'adulte.

Son père lui avait ensuite donné une paire de ciseaux et s'était agenouillé pour lui montrer comment ramasser le raisin sans l'abîmer. Le geste acquis, Mathieu avait débuté la cueillette en chantant. Son père l'avait accompagné de ses sifflements. Mais bien vite, des douleurs s'étaient éveillées dans le dos du jeune garçon. Il les avait supportées. Jusqu'à ne plus pouvoir les endurer.

— Je veux faire une pause.

— Une pause ? Nous venons juste de commencer.

— Je suis fatigué.

— Un peu de courage, que diable ! On s'arrêtera quand je l'aurai décidé.

Résigné, Mathieu s'était accroupi et avait repris le travail. Autour de lui, les vignes s'étendaient à perte de vue et chaque pied était recouvert de grappes. L'ampleur de la tâche l'avait découragé. Il avait cessé de chanter et poursuivi sa cueillette dans le silence le plus total.

Trois heures plus tard, un bac était plein.

— On a fini, papa ? Je peux rentrer à la Casa ?

— Non. Je vais chercher le tracteur et déposer notre récolte dans la dépendance. Rejoins-moi là-bas. Nous avons encore du boulot, fiston ! Il faut trier et égrapper le raisin.

La journée s'était achevée à 20 heures. Mathieu, épuisé, s'était endormi à table, le nez dans son assiette, sous les moqueries de ses frères et sœurs. Après le dîner, il s'était traîné jusqu'à son lit pour s'y coucher tout habillé.

Vers 22 heures, une discussion houleuse entre ses parents l'avait réveillé. Sa mère semblait en colère, mais Mathieu n'avait pas compris pourquoi. Quelques minutes plus tard, la dispute avait cessé et les lumières de la maison s'étaient éteintes. Le jeune garçon avait entendu des pas dans le couloir et la silhouette de son père était apparue dans l'encadrement de la porte.

— Tu dors ?

— Non.

— Je peux entrer ?

— Oui.

Son père l'avait bordé et s'était assis sur le lit.

— Alors fiston ! Qu'as-tu pensé de cette initiation ?

Mathieu avait longuement hésité. Devait-il admettre avoir vécu la plus mauvaise journée de son existence et décevoir son père ? Ou devait-il mentir et risquer ainsi de passer le reste de sa vie dans les vignes ?

Papa, constatant sa gêne, avait brisé la glace.

— Ça ne t'a pas plu, n'est-ce pas ?

— Je…

— Tu peux me le dire.

Mathieu avait longuement réfléchi avant de se lancer :

— J'aimerais te poser une question.

— Je t'écoute.

— Je ne t'ai jamais vu ramasser le raisin. Ni le presser ou le mettre en bouteille. Lorsque tu es dans les vignes, tu goûtes les grains et donnes des ordres aux ouvriers.

— La question est ?

— Pourquoi m'apprends-tu à faire des choses que toi-même tu ne fais pas ?

Son père avait gardé le silence. Puis, caressant le front de son fils avec douceur, avait répondu :

— Quand j'ai démarré mon activité, il y a quelques années, je travaillais seul. Je n'avais pas de saisonniers pour les vendanges, pas d'ouvriers pour le foulage, le pressurage. Et j'étais mal équipé ! J'avais acheté du matériel d'occasion et me débattais avec le peu de moyens dont je disposais. J'ai trimé jour et nuit sans gagner un centime. Ces années ont été les plus dures, mais aussi les plus belles de ma vie. Tu sais pourquoi ?

— Non.

— Parce que j'ai appris.

La voix de son père était empreinte de mélancolie.

— Tu aimais ce que tu faisais ?

— Bien sûr. C'était la raison pour laquelle je me levais chaque matin. Ça l'est encore.

— Moi je n'ai pas aimé.

Son père s'était figé. Une grimace de déception avait point sur son visage.

— Nous en reparlerons demain, d'accord ?

— D'accord.

— Bonne nuit, mon poussin.

Papa l'avait embrassé avant de quitter la chambre. Après cet épisode, il n'avait plus jamais emmené son fils cadet dans les vignes.

Le regard perdu sur le domaine, Mathieu sentit son cœur se serrer. Ils allaient devoir vendre ce que leur père avait mis tant d'années à construire. Qu'allaient devenir ces terres ? Les vignes continueraient-elles d'être exploitées ? Si tel était le cas, le vin produit serait-il digne des grands crus Belasko ? Et la maison ? Serait-elle rasée puis remplacée par un lotissement ?

Pour la première fois depuis son initiation dans les vignes, Mathieu éprouva des regrets. Si seulement il avait fait preuve de courage, lui et les siens ne seraient pas contraints, aujourd'hui, de vendre ce coin de paradis. Ils allaient devoir vider la maison, se répartir les meubles, contacter des agents immobiliers. Et tourner la page. Une chose apportait pourtant du réconfort à Mathieu : une fois ces affaires réglées, il n'aurait plus à croiser la route de son frère. Leurs parents étaient le dernier lien qui les unissait.

Malgré la chaleur qui frappait son dos, Mathieu frissonna. Philippe : cet homme qu'il avait tant aimé et qu'il haïssait à présent. Son frère aîné avait eu une attitude impardonnable que Mathieu n'était pas près d'oublier. D'ailleurs, chaque fois qu'il fermait les yeux et pensait à Philippe, le même souvenir se matérialisait dans sa mémoire.

1996. Mariage de Garance. Comme toutes les grandes occasions, les festivités s'étaient tenues à la Casa Belasko. Une centaine d'invités, du champagne et un repas divin préparé par un chef renommé.

23 heures. Les convives avaient envahi la piste de danse. Mathieu s'était isolé. Une migraine irradiait son crâne. Il avait bu beaucoup d'alcool et le regrettait. Il avait quitté la salle de réception et s'était mis en quête d'aspirine. Il avait cherché dans l'armoire à pharmacie, dans la table de nuit de ses parents… Rien. Soudain, des bruits étranges en provenance de la chambre d'amis avaient éveillé sa curiosité. Sur la pointe des pieds, Mathieu s'était dirigé vers les gémissements qui l'avaient conduit devant une porte entrouverte. Il avait glissé un regard dans l'entrebâillement et souri en découvrant deux silhouettes allongées sur le lit. La pénombre ne lui avait pas permis de les identifier. Il avait alors tendu l'oreille et reconnu, en quelques secondes, les voix des deux amants.

Il aurait aimé hurler, pleurer, fuir, mais la stupeur l'en avait empêché.

Les pieds rivés au plancher, il était resté là, tétanisé, spectateur de l'ignoble comédie qui se jouait devant lui.

Les murmures de plaisir s'étaient intensifiés. De plus en plus forts, de plus en plus saccadés. L'un d'eux, cri de jouissance ultime, avait tiré Mathieu de sa torpeur. Retrouvant l'usage de ses jambes, il avait tourné les talons et s'était précipité dans le salon. David et Solène, qui s'en donnaient à cœur joie sur la piste, l'avaient intercepté pour l'entraîner dans une danse endiablée. Il s'était dégagé de leur étreinte.

— T'es pas drôle, Mat !

Pouvait-il mettre des mots sur ce qu'il ressentait ? Oui. Dégoût. Colère. Déception. Trahison. Un séisme secouait son être ; son corps n'était qu'une coquille vide, son cœur un magma de chairs broyées.

Mathieu avait interpellé un serveur et exigé une bouteille de champagne. On la lui avait apportée. Il s'était effondré sur une chaise et avait bu au goulot sous les regards accusateurs des invités. Sa mère, affligée, avait essayé de le raisonner. Mathieu l'avait repoussée. L'alcool devait empoisonner son sang. Il voulait s'évanouir pour ne plus avoir à penser. Pour ne plus souffrir. Pire : il avait même espéré mourir.

Ses maux de tête avaient redoublé de violence. Sa vue s'était troublée. Dans ce brouillard, il avait toutefois deviné deux silhouettes apparaître au fond du salon.

Ils étaient de retour.

Philippe s'était faufilé jusqu'à la piste de danse. Il semblait ivre, pourtant, il ne l'était pas. Laurence avait repris, quant à elle, sa place à côté de Mathieu. Elle avait mangé une dragée et s'était tourné vers son époux en riant, les pommettes roses, les pupilles dilatées.

— Tu viens avec moi, chéri ? J'ai envie de me déhancher !

Cette femme l'aidait à vaincre ses démons. Jamais son amour n'avait flanché, même dans les pires moments. Elle avait toujours cru en lui. S'il était encore en vie, c'était grâce à elle. Pourquoi l'avait-elle trahi ? Pourquoi l'avait-elle humilié ? Et, surtout, depuis combien de temps menait-elle cette double vie ? Et son frère… Comment Philippe avait-il pu lui faire une chose pareille ? Cet abruti était un tombeur né, certes, mais n'avait-il pas d'autres femmes à convoiter que sa propre belle-sœur ?

Les questions se bousculaient dans le cerveau de Mathieu. Il fallait y mettre un terme sinon son crâne allait exploser.

Il devait agir. Pour son honneur. Pour sa fierté.

Posant la bouteille de champagne vide sur un guéridon, il s'était levé et dirigé vers son aîné. Philippe, loin d'imaginer son secret découvert, avait attrapé Mathieu par le cou pour l'embrasser avec fougue.

— Ça c'est mon frangin d'amour !

Des fourmis chatouillaient les mains de Mathieu. Un spasme comprimait sa poitrine. Ses nerfs étaient tendus. La boxe – qu'il pratiquait depuis des années – lui avait appris à canaliser sa colère. Mais ça n'avait pas suffi. Il avait serré le poing, reculé d'un pas, et boum ! Philippe avait vacillé avant de s'écrouler, le nez en sang. Les cris de Solène s'étaient élevés, suivis de près par ceux des autres invités. Le temps s'était mis à défiler à toute vitesse autour de Mathieu.

Son père, furieux que la fête ait été gâchée, s'était planté devant lui et l'avait giflé.

— Imbécile ! Il faut toujours que tu te fasses remarquer !

Mathieu avait alors subi sa deuxième humiliation de la soirée. Les regards s'étaient tournés vers lui. La consternation se lisait sur tous les visages.

Ivre et honteux, il avait quitté la Casa pour s'enfuir dans les vignes. Laurence s'était élancée derrière lui.

— Ce n'est pas ce que tu crois !

Il avait couru à perdre haleine jusqu'à disparaître dans la nuit étoilée. Enfin seul, il s'était effondré sur la terre battue et avait laissé ses larmes couler.

Des heures de thérapie et une ribambelle de médicaments avaient été nécessaires avant que Mathieu accepte de pardonner à Laurence.

Malgré les intercessions de ses parents, il avait refusé ce pardon à Philippe.

Vingt-trois ans plus tard, le souvenir de cette trahison était intact.

Ce n'est pas ce que tu crois ! lui avait assuré Laurence.

Non. Ce n'était pas ce qu'il croyait.

C'était pire.

4

Garance

— Prends à droite, Solène!

— Non! On reste sur la route principale.

— Ça va être le bordel en ville...

— C'est moi qui conduis, c'est moi qui choisis.

— OK. J'appelle les garçons et je leur dis qu'on arrive demain?

— Garance, pourrais-tu, au moins une fois dans ta vie, me faire confiance?

— Le jour où on sera à l'heure, j'y réfléchirai. Aujourd'hui, on est à la bourre. Alors tu m'écoutes et tu prends à droite.

Solène ronchonna et suivit finalement l'itinéraire conseillé par sa sœur. En parallèle, elle se lança dans un long monologue dans lequel elle expliquait être l'incomprise de la famille. Garance, lasse, cessa de l'écouter et colla son front contre la vitre. Dans le rétroviseur, elle croisa son reflet et détourna aussitôt le regard. Physiquement, elle se détestait. Un vilain duvet brun recouvrait son visage; sa bouche fine avait disparu, avalée par de grosses joues, et sa peau était marquée par de trop nombreuses rides d'expression. Elle jalousait sa sœur qui avait gardé, elle, les traits de sa jeunesse. Le temps semblait n'avoir aucune prise sur cette femme et confirmait un fait: Solène n'avait jamais grandi. Elle était d'ailleurs toujours aussi capricieuse qu'elle l'était gamine. Le responsable de ce mauvais caractère : papa. Il cédait à toutes ses envies, accourait au moindre bobo et ne la punissait jamais. Il lui accordait, sans conteste, un traitement de faveur. La preuve la plus flagrante ? Solène n'avait jamais eu à travailler l'été, alors que le chef de famille s'était montré intransigeant à ce sujet avec ses autres enfants. Chaque année, Philippe, Mathieu, Garance et David avaient dû démarcher les petites entreprises de la vallée pour dénicher un job saisonnier et gagner leur argent de poche, pendant que Solène profitait du soleil et de la piscine. Un soir, Mathieu – exténué par une journée de plonge supervisée par un patron odieux – avait reproché à sa sœur sa fainéantise. Un silence pesant s'était abattu sur le repas, rompu finalement par les sanglots de la jeune fille. Comme d'habitude, papa avait défendu Solène à grands renforts d'excuses. *Solène est fragile. Solène est chétive. Solène est diabétique. Et patati et patata…* Ce qu'il ne comprenait pas, ou refusait d'admettre, c'est que sa fille se servait de sa maladie pour échapper à ses obligations. À la maison, elle ne mettait jamais la main à la pâte. À l'école, elle fournissait le service minimum. Lorsque les remontrances pointaient à l'horizon, elle brandissait son diabète comme un chevalier son bouclier. Une protection redoutable qui éloignait les reproches. Garance avait même la certitude que Solène exagérait sa fatigue, simulait certains malaises et se forçait, parfois, à vomir pour susciter la pitié. Leurs parents n'y voyaient que du feu. Tous les désirs de Dame Solène – comme l'avait baptisée Philippe – étaient des ordres. Elle voulait un Solex ? On lui en offrait un. Elle avait besoin de cent francs ? On les lui donnait sans poser de questions.

Garance se redressa sur le siège passager en soupirant. Même ce 4x4 qui les menait à la Casa avait été offert par papa. En 2017, Solène avait eu un grave accident de la route dont elle était sortie, par miracle, indemne. On ne pouvait pas en dire autant de sa voiture, classée « épave ».

Les assurances, qui avaient déjà pris en charge le remplacement de deux véhicules en cinq ans, avaient cette fois refusé de verser des indemnités et rompu le contrat. Solène, dans l'incapacité financière d'acheter une nouvelle automobile, s'était tournée vers son père, et avait fait jouer la corde sensible. D'après elle, un malaise dû au diabète avait provoqué l'accident. Cet énième mensonge destiné à obtenir de l'argent facilement avait fonctionné et papa s'était empressé d'offrir une voiture neuve à sa fille chérie. Cet épisode reflétait une triste réalité : Solène était incapable de subvenir à ses besoins et l'aide des autres lui était indispensable. Ses petits copains avaient d'ailleurs bien vite compris qu'ils devraient cravacher pendant que *madame* prendrait du bon temps. Tous l'avaient quittée.

Garance soupira puis baissa la vitre pour que l'air pur entre dans l'habitacle. Chaque fois qu'elle voyait Solène, elle était tiraillée entre l'amour fraternel qu'elle lui portait et une certaine forme de haine. La dépendance de sa sœur envers ses parents l'exaspérait, et plus encore ses fraudes envers le système social français. Paresse et malhonnêteté vont souvent de pair, pensa Garance qui, pour sa part, s'était toujours débrouillée seule. Son courage et son indépendance faisaient la fierté de son père qui aimait se comparer à elle au même âge. Des battants, disait-il en serrant sa fille contre lui. Oui, elle s'était battue. Avec acharnement. Pour tenter d'avoir un enfant et sauver son mariage, pour éviter la faillite de ses restaurants. Mais elle n'était pas tombée enceinte et Pascal avait demandé le divorce. Quant aux restaurants, elle avait dû se résoudre à les mettre en vente. Avant de prendre cette décision – la plus difficile de son existence –, Garance avait téléphoné à ses parents. Elle voulait les voir dès que possible. Le lendemain, elle déjeunait avec eux à l'ombre du pin parasol et leur exposait ses problèmes financiers. Son père n'avait manifesté aucune surprise et lui avait rappelé ses mises en garde. Trois ans plus tôt, Garance, déjà propriétaire d'un établissement, s'était mise en tête d'en acquérir un second. Elle avait jeté son dévolu sur une imposante bâtisse du Moyen Âge dans le vieux Lyon. Son père s'était montré réticent. Selon lui, sa fille prenait un risque. Elle l'avait rassuré en affirmant disposer des moyens nécessaires. Il avait haussé les épaules en levant les yeux au ciel. Traduction : il n'était pas convaincu. Et avec le temps, Garance devait reconnaître qu'il avait eu raison de douter.

Bien qu'endettée, elle n'avait pas osé réclamer d'argent à ses parents. Mais elle avait espéré un geste de leur part. Au cours du déjeuner, elle avait tendu de nombreuses perches. Ils n'en avaient saisi aucune. Quelques dizaines de milliers d'euros ne leur auraient pourtant pas fait défaut… Mais non. Son père et sa mère n'avaient rien proposé.

En quittant le domaine, Garance les avait observés dans le rétroviseur. Ils se tenaient par la taille et secouaient la main en guise d'adieu. Un grand sourire fendait leur visage. Comme si tout allait bien. Avaient-ils pris la mesure de la situation dans laquelle se trouvait leur fille ? Garance avait ressenti du dégoût et de la colère. Elle imaginait sa sœur, Solène, quémander vingt mille euros pour acheter une voiture et les obtenir en un battement de cils. Elle se rappelait Mathieu, qui avait encaissé un gros chèque pour une raison inconnue de tous. Pourquoi son frère et sa sœur, abrutis notoires, bénéficiaient-ils de l'aide de leurs parents et pas elle ?

Se lamenter n'avait servi à rien et les restaurants avaient fermé.

Pleine d'amertume, Garance avait cessé d'appeler ses parents et n'était plus allée leur rendre visite. Savoir son père malade n'avait même pas apaisé sa rancœur. Elle avait seulement baissé la garde lorsque David lui avait annoncé que les jours de papa étaient comptés et que maman avait besoin du soutien de ses enfants pour surmonter cette épreuve. Il avait émis le souhait de rassembler ses frères et sœurs à la Casa durant un week-end et comptait sur leur présence, *à tous*. Garance avait hésité puis, devant l'insistance de David, avait ravalé son orgueil et accepté de se joindre à eux. Ce séjour avait été marqué par un drame : la mort de maman. Devant ce corps froid et inanimé, Garance s'était souvenu du déjeuner sous le pin parasol, du regard qu'elle avait lancé à sa mère dans le rétroviseur et du dernier sentiment qu'elle avait éprouvé à son égard. De la haine.

— Je vais où maintenant ?

— À gauche. Le chemin de Nyme.

— C'est une route ça ?

— Non, c'est un chemin. Comme son nom l'indique.

— Pas la peine de me parler comme si j'étais une demeurée.

— Je ne te parle pas comme…

— Si ! Je ne sais pas ce que tu as, mais depuis que nous sommes parties de Lyon, tu es exécrable.

— Mettons ça sur le compte du chagrin.

— Eh bien ! Si on est tous les cinq dans le même état d'esprit que toi, la soirée promet d'être sympa…

Solène se tourna vers Garance et la fixa avec insistance.

— Tu es sûre que ça va ?

— Mais oui ! Regarde la route, s'il te plaît.

— Et ton bras ?

— J'ai toujours quelques douleurs… Ça passera.

— Les flics n'ont jamais retrouvé tes agresseurs ?

— Non.

— Ils ont classé l'affaire ?

— Oui. Ils ont d'autres chats à fouetter.

— Et le divorce ? Où en es-tu ?

— C'est compliqué. Pascal ne lâche rien et notre relation se dégrade. Bientôt, on n'échangera que par avocats interposés. Regarde la route !

— Pascal te fait chier ?

— Oui. Il soutient avoir investi plus d'argent que moi dans les travaux de la maison. Par conséquent, il refuse de partager le fruit de la vente en deux parts égales. Il veut plus.

— Qu'en penses-tu ?
— Ce sont des conneries ! Mais je m'en fiche. Avant, je me serais battue. Plus maintenant. S'il veut plus, il aura plus.
— Quoi ? Ce mec est un abruti. Il t'a pourri la vie. Il n'a même pas été capable de te donner un enfant !
— Regarde la route, Solène ! Tu veux nous mettre dans le décor ?
— Tu écoutes ce que je te dis ?
— Oui, mais attention ! C'est blindé de biches et de sangliers par ici. Prends à droite. L'entrée du domaine est juste là.
Solène s'exécuta et, en ralentissant, chercha son passe dans son sac à main. Elle s'arrêta devant le capteur et déverrouilla le portail. Puis elle redémarra en appuyant brusquement sur la pédale d'accélération.
— À ta place, Garance, je ne me laisserais pas faire.
— Quoi ?
— Au sujet du divorce. Cet imbécile va te piquer ta part et toi, tu vas rester les bras croisés ?
— Je ferai ce qu'il faudra.
— Notre père disait toujours que tu étais la plus courageuse d'entre nous. Fais-lui honneur !
— Attention !
Solène ne regardait pas devant elle et ne vit pas l'ombre traverser la route. Lorsqu'elle écrasa la pédale de frein en hurlant, il était trop tard. Un animal heurta le pare-chocs dans un bruit sec et la voiture lui passa sur le corps.
— Putain, Solène !
— Elle s'est jetée sous mes roues !
— Faux ! Si tu avais regardé devant toi comme je te l'ai demandé mille fois, tu aurais pu l'éviter !
Sur le volant, les mains de Solène se mirent à trembler.
— Je l'ai tuée ? Mon Dieu, dites-moi que je ne l'ai pas tuée.

Garance détacha sa ceinture et bondit hors du 4x4. Le pare-chocs était légèrement embouti mais n'empêcherait en rien le véhicule de rouler. En revanche, la biche couchée sur le sol à quelques mètres semblait mal en point. Garance se tourna vers Solène. Elle était figée sur son siège, terrorisée. Encore une fois, elle se montrait incapable d'assumer ses actes. Garance lui adressa un signe de la main pour l'inviter à la rejoindre, mais Solène secoua la tête de gauche à droite en signe de refus. Garance pesta devant tant de lâcheté et s'approcha de l'animal blessé. Elle s'agenouilla et caressa le pelage caramel de la biche. Une auréole rouge se dessinait sur le chemin de terre. Le sang coulait avec abondance d'une large plaie sur le poitrail. Une patte était cassée et l'os du tibia transperçait la peau. Le plus horrible était le museau, écrasé par la roue de la voiture : un tas de chairs et d'os broyés. Garance eut envie de vomir. Elle se rappela ces après-midis ensoleillés durant lesquels elle partait à l'aventure dans les bois avec David. Ils ne parvenaient jamais à approcher les biches. Aujourd'hui, l'une d'elles était à ses pieds. Elle pouvait la toucher, la caresser, mais la bête était mourante. Le souffle saccadé, elle cherchait l'oxygène, son museau amoché ne lui permettant pas de respirer convenablement.

— Tout va bien, murmura Garance. Je suis là.

La biche souffrait le martyre. Être témoin de ce calvaire était insupportable. Garance n'avait pas le choix : il fallait mettre un terme à ce supplice. Elle posa ses mains sur le cou de l'animal avant de relâcher soudain son étreinte. Non. Elle était incapable de faire une chose pareille. Désemparée, Garance plongea son regard dans celui de l'animal. Dans ces deux petits yeux noirs, elle trouva enfin ce qu'elle cherchait : de la détresse. Si la biche avait pu, elle l'aurait implorée d'abréger ses souffrances. C'était une évidence. Alors, une nouvelle fois, Garance rassembla ses mains autour du cou de la bête et exerça une première pression. Elle serra ensuite de toutes ses forces, mais la mort refusait de prendre son dû. Cédant à la panique, Garance se mit à crier. Puis se tut.

Notre père disait toujours que tu étais la plus courageuse d'entre nous. Fais-lui honneur!

Elle inspira et retint ensuite son souffle. Une seconde. Cinq secondes. Dix secondes. Saisissant la tête de l'animal, elle la fit pivoter d'un coup sec. Un effroyable craquement suivit et la gueule de la biche retomba lourdement sur le sol. Sa poitrine s'affaissa. Ses deux yeux noirs restèrent ouverts, rivés sur cet humain qui l'avait conduit vers l'au-delà.

Garance regarda ses mains couvertes de sang. Elles venaient de donner la mort.

5

Solène

— Vous êtes en retard, les filles!
— On a eu un problème.
— Ça fait une heure qu'on vous attend!
— Solène a tué une biche.
— Quoi?
— Elle ne regardait pas la route.
— Qui? Solène ou la biche?
— Très drôle!
— Et la voiture?
— Bien amochée mais elle roule.

Un sourire narquois s'esquissa sur les lèvres de Mathieu.

— Vous l'avez chargée dans le coffre?
— Qui?
— La biche, pardi!
— T'es vraiment con, Mat!
— On aurait pu la manger ce soir. C'est du gaspillage!
— Si ça t'amuse de la bouffer, tu la trouveras près du portail.

Mathieu dévisagea Garance puis, reprenant son air sérieux, répondit:

— Tu pourrais nous préparer un sauté. J'ai vu qu'il y avait des pommes de terre dans le placard.
— Je ne mangerai pas une bête que j'ai vue mourir sous mes yeux.

— T'es bien une femme !

— Je t'emmerde, Mat !

Un cri s'éleva soudain, qui mit un terme à leurs chamailleries.

Jusqu'à présent, Solène était restée en retrait, spectatrice de la joute verbale entre son frère et sa sœur. Mais c'en était trop. Elle explosa en pleurs. Des larmes chargées de mascara dévalèrent ses joues et creusèrent des sillons dans son fond de teint couleur porcelaine. La morve coula de son nez et son rouge à lèvres fila autour de sa bouche. Solène ne le voyait pas, mais un ridicule maquillage de clown triste se dessinait sur son visage poupin.

Tous les regards se braquèrent sur elle. Celui de Philippe, surpris ; celui de Mathieu, moqueur ; celui de David, navré ; celui de Garance, consterné.

Sans saluer ses frères, Solène s'élança dans le couloir et courut se réfugier dans le bureau de son père. D'un geste vif, elle ferma le verrou et se laissa glisser le long de la porte en gémissant. Sa respiration, d'abord saccadée, se coupa. Elle porta les mains à sa gorge et chercha l'air. Elle étouffait. Perdue dans un vaste océan, elle éprouvait l'atroce sensation de se noyer. Seule, dans le tumulte des vagues, elle tentait de s'accrocher à un morceau de bois mais n'en finissait plus de boire la tasse. Des soubresauts secouèrent sa poitrine. Ses mains moites et glacées se mirent à trembler sans qu'elle puisse les en empêcher. Elle était ébranlée par la mort de cette biche qu'elle venait de percuter. Oui, elle avait tué un être vivant. Et si elle n'avait pas quitté la route des yeux comme le lui avait demandé Garance, l'animal serait encore en vie.

— Ouvre-moi, So !

Mathieu tambourinait contre la porte. Solène ne répondit pas. Il insista. Elle ne changerait pas d'avis. Rester seule un instant l'aiderait à se calmer. Dans un tel état, elle était capable de céder à la colère et de tenir des propos qu'elle regretterait. Le chagrin pouvait avoir des effets dévastateurs.

Après plusieurs tentatives, Mathieu abandonna. Il fut remplacé par Garance qui, à son tour, essaya de débusquer sa sœur de son terrier. Mais Solène n'écoutait pas. Le choc de la biche contre la carrosserie résonnait encore entre ses tympans. Elle avait beau plaquer les mains contre ses oreilles, ce bruit sourd persistait.

L'histoire se répétait.

Solène avait déjà eu un accident semblable. Elle venait de fêter ses dix-huit ans et, pour l'occasion, ses parents lui avaient offert un Solex. Folle de joie, elle l'avait enfourché et s'était rendue chez son petit ami, dans la vallée. Elle inspectait son maquillage dans le rétroviseur lorsqu'un chat avait traversé la route. Impossible de l'éviter. La roue avant avait percuté l'animal qui était mort sur le coup.

Effarée, Solène était remontée à la Casa en poussant son cyclomoteur. Le souffle entrecoupé de hoquets, elle avait raconté sa mésaventure à son père. Il avait haussé les épaules avant de la prendre dans ses bras.

— Tu n'as rien. C'est ce qui compte.

Mais ces mots n'avaient pas rassuré Solène. Elle était traumatisée par cette vie qu'elle avait involontairement volée. Deux nuits durant, elle n'avait pas pu trouver le sommeil. Une semaine s'était écoulée avant que la tristesse et la culpabilité se dissipent. Un problème plus matériel s'était alors posé : Solène n'avait plus de moyen de locomotion pour aller voir son petit ami. Le chagrin était revenu. Encore plus grand. Mais son père y avait mis un terme en achetant un nouveau deux-roues à sa fille. Ravie, Solène avait chevauché sa monture d'acier et dévalé la colline pour rejoindre son Don Juan. La mort du félin n'était alors plus qu'un lointain souvenir.

Combien de Solex ses parents lui avaient-ils achetés ? Quatre ? Cinq ? Elle n'en savait rien. Ce dont elle se souvenait, c'est qu'ils avaient tous fini à la casse.

Solène se moucha une dernière fois et se releva. Après s'être regardée dans un miroir, elle humidifia son mouchoir avec de la salive et nettoya le mascara sur ses joues. Elle se pinça ensuite les pommettes pour se donner meilleure mine, glissa les doigts dans ses cheveux blonds et se recoiffa jusqu'à ce que le résultat dans le reflet lui semble acceptable. Malgré son âge, elle était resplendissante. Quelques pattes d'oie marquaient le coin de ses yeux, mais la prochaine injection de Botox les ferait disparaître.

Solène ajusta son débardeur et déambula dans le bureau de son père. Cette pièce était propice à l'apaisement. Aucun bruit ne filtrait à travers les cloisons. L'atmosphère y était reposante. Un havre de paix et de douceur. Une bulle d'oxygène dans l'océan.

Si elle l'estimait nécessaire, Solène n'hésiterait pas à revenir ici. La soirée promettait d'être longue et les discussions s'annonçaient houleuses. Les cinq frères et sœurs étaient réunis pour lire le testament de leur père, évoquer la répartition des biens, décider de l'avenir de la maison. Autant de sujets capables d'échauffer les esprits les plus sereins. Solène sourit. La Casa allait être le théâtre d'un vaudeville ridicule et prévisible dans lequel Philippe et Mathieu tiendraient les rôles des éternels rivaux, Garance celui de la prétentieuse de service, et David celui du médiateur que personne n'écoute. Solène garderait, elle, le silence. Elle ne prendrait la parole qu'une seule fois pour leur soumettre son idée, son projet. Il lui faudrait alors convaincre les siens. Une tâche laborieuse.

Dans le mémo de son téléphone portable, Solène se rappela avoir noté quelques arguments. Elle le tira de sa poche et lut la plaidoirie qui changerait peut-être son destin. Sur l'écran, dans le coin supérieur droit, un symbole attira son attention. Pas de réseaux mobiles, pas de wifi. Ici, les seuls moyens de communication étaient un téléphone fixe et une ligne entre la Casa et un service de sécurité indépendant baptisée par les enfants *Le téléphone rouge*. Papa n'avait jamais vu cela comme un inconvénient. Au contraire : cette maison l'avait séduit parce qu'elle était isolée. Vivre reclus ne lui posait aucun problème. Cela participait à son bonheur.

Son affaire, il la menait dans un petit bureau qu'il louait dans la vallée. Deux ou trois fois par semaine, il s'y rendait pour écouter les messages sur son répondeur, passer ses appels professionnels, traiter ses commandes et, plus récemment, pour y consulter ses mails. Le téléphone fixe de la maison ne servait que pour contacter la famille et les proches. Mais cette méthode de travail avait connu ses limites. Ces dernières années, certains clients s'étaient plaints d'un manque de réactivité. André Belasko se fichait de leurs reproches et, pour rien au monde, n'aurait changé ses habitudes. Son peu d'appétence pour échanger avec ses semblables et sa méfiance envers les moyens de communication modernes supplantaient le reste. S'il avait pu, papa aurait vécu en ermite. Sans jamais sortir de son domaine qu'il chérissait au point d'en avoir réalisé une maquette. Peu après l'arrivée de la famille à la Casa, il avait passé plusieurs jours à reproduire la bâtisse et une partie du domaine viticole qu'il avait agrémenté de fausse végétation. Solène se souvenait de l'avoir aidé à fixer des petits pins de Provence devant l'entrée de la Casa. Le résultat était criant de ressemblance.

— Je pourrai jouer avec cette maison quand elle sera terminée ?

— Non ! Ce n'est pas un jouet !

Malgré l'interdiction, la jeune fille s'était, un jour, amusée des heures durant avec la réplique installée sur une étagère dans le salon. Hélas, le toit en balsa avait cédé sous le poids d'une poupée. La terreur s'était emparée de Solène. Elle avait rassemblé ses affaires en toute hâte et s'était précipitée dans sa chambre. Le soir même, son père découvrait les dégâts. Furieux, il avait convoqué ses enfants autour de la cheminée et débuté l'interrogatoire. À la question : « Qui a abîmé la maquette ? », personne n'avait répondu. Agacé, il avait puni celui qu'il pensait coupable : Mathieu. Le jeune garçon avait tenté de se défendre et clamé son innocence. Les joues de papa s'étaient empourprées de colère.

— Si tu remets en cause mon autorité, je vous punis tous les cinq !

Mathieu avait tenu tête à son père. Il s'était dressé face à lui, torse bombé, prêt à en venir aux mains. Solène, terrorisée, avait assisté à la dispute sans moufter. Mais les cris de son père et les vociférations de son frère devenant insupportables, elle s'était finalement dénoncée. Le silence s'était abattu sur le salon. Fou de rage, Mathieu avait quitté la pièce en bousculant son père. L'issue de cette histoire avait été stupéfiante : papa n'avait pas puni Solène et s'était contenté de disposer une cloche en verre sur la maquette de la Casa.

Solène balaya ce souvenir et s'approcha d'une petite desserte sur laquelle trônaient un cendrier et une boîte de Cohiba. Elle choisit un cigare, le fit tourner entre ses doigts puis le porta à ses narines. Ce parfum ramena instantanément son père à ses côtés. Elle le revit s'asseoir dans son fauteuil club et la prendre sur ses genoux pour qu'ensemble ils admirent le coucher de soleil à travers la grande baie vitrée circulaire. Papa pouvait rester des heures à contempler le monde qui l'entourait. Un homme secret. Énigmatique. La Casa était à son image, pleine de mystères. À l'instar du quatrième soupirail, cette étrange ouverture que Philippe avait trouvée étant gamin. Il s'était empressé d'en parler à ses frères et sœurs. Solène, curieuse et culottée, avait questionné son père à ce sujet, mais il s'était mis en colère et avait refusé de lui répondre.

Une vibration arracha Solène à ses pensées. Elle regarda sa montre. Chaque soir, à 20 h 30, les volets roulants de la Casa se baissaient, les portes et baies vitrées se verrouillaient automatiquement. Chaque matin, à 7 heures, le même mécanisme opérait en sens inverse. Et, bien qu'André

Belasko ne fût plus de ce monde, la maison continuait de vivre à son rythme et à celui de sa paranoïa.

Quelqu'un frappa.

Solène reposa le cigare et décida d'ouvrir. Garance apparut dans l'encadrement.

— Tu ne boudes plus ?

— Je ne boudais pas. Je me ressaisissais.

Touchée par cette réponse, sa sœur se radoucit.

— Tu dois être plus prudente. Aujourd'hui, c'était un animal. Demain, ce sera un gamin.

— Occupe-toi de tes fesses, Garance.

Solène la bouscula et se dirigea dans la salle à manger où David l'accueillit avec un sourire. La mélancolie envahit Solène. Pourtant, elle se sentait plus forte que jamais. L'histoire des Belasko devait continuer et ce soir, elle allait le prouver à ses frères et à sa sœur. Elle plongea la main dans sa poche et effleura la coque de son téléphone : son antisèche. Son plaidoyer pour la Casa. Solène eut un frisson d'excitation. Pour la première fois de sa vie, elle avait un projet. Et elle ferait tout pour le concrétiser.

6

Garance

Réseau indisponible.

Une nouvelle fois, Garance tenta d'envoyer un texto, mais le même message d'erreur s'afficha à l'écran. Comment son père avait-il pu vivre dans une telle grotte au XXIe siècle ? Et comment était-il parvenu à maintenir son affaire à flot ?

Agacée, Garance éteignit son téléphone portable et se laissa choir dans le gros fauteuil club. Sur le bureau, un objet attira son attention : une petite clé dorée. Une ficelle la reliait à une étiquette rigide sur laquelle était inscrit : « Coffre-fort bureau. » Garance sourit.

Des clés, des codes, des coffres.

Des portes et des baies vitrées qui se déverrouillent grâce à des cartes magnétiques.

Des verres incassables.

Des volets roulants.

Des caméras de vidéosurveillance.

Une ligne téléphonique directe entre la Casa et Stela, un service de sécurité privé.

Voilà l'environnement dans lequel vivait son père.

Paranoïaque, André Belasko l'était depuis toujours. Mais en vieillissant, sa peur des *autres* s'était aggravée. Ces derniers temps, elle était devenue maladive. D'après les frères et sœurs, ce changement s'était opéré lorsque leur père était tombé malade. Mais, d'après Garance, il avait eu lieu juste avant, au retour d'un pèlerinage en Espagne. Un an auparavant, au mois de mai, papa était parti seul, sac sur le dos, fouler la terre de ses ancêtres. Durant deux semaines, il n'avait donné aucun signe de vie. Au terme de son périple, il avait envoyé une carte postale à chacun de ses enfants. Au dos d'un paysage de Catalogne, ils avaient lu les mots suivants :

« Sous le soleil catalan, tout s'éclaire. »

Oui. La métamorphose avait eu lieu à son retour d'Espagne. André Belasko, cet homme jovial et bienveillant, était devenu pessimiste et taciturne. Pour couronner le tout, deux mois plus tard, il apprenait qu'un cancer lui rongeait les poumons. Il s'était effondré et avait refusé les médicaments, traitements et opérations. Son épouse et ses enfants avaient été sidérés. Pourquoi cet homme, éternel battant, abdiquait-il si facilement ? Anéantis, ils s'étaient réunis autour de lui et avaient tout mis en œuvre pour le convaincre de se faire soigner. Ils avaient réussi. Papa était retourné voir l'oncologue avec l'intention de s'en sortir. Six mois plus tard, 95 % des cellules cancéreuses étaient éradiquées. Les spécialistes avaient invoqué un miracle. M. Belasko s'était vexé. Selon lui, son courage était seul responsable de sa rémission. Mais le mal était revenu et l'avait cloué au lit. Refusant de mourir à l'hôpital, il avait décidé de médicaliser une chambre de la Casa. Une armada de médecins et d'infirmières s'étaient relayés à son chevet. Les soins curatifs étaient devenus palliatifs. Les jours d'André Belasko étaient comptés.

— Ça va ?

Garance sursauta. Derrière elle, Mathieu, l'air grave, se tenait droit comme un *i*, les mains dans les poches.

— Oui.

— Et ton bras ?

— Douloureux mais supportable.

— Tu as toujours ces cauchemars ?

— Toujours. Les fractures se soignent. Pas les traumatismes. Je n'oublierai jamais ces deux types qui…

Mathieu enlaça Garance et lui caressa les cheveux.

— N'en parlons pas, d'accord ?

— Tu as raison.

Ils restèrent ainsi, silencieux.

Garance se libéra de l'étreinte de son frère et balaya la pièce du regard.

— J'ai hâte d'en finir avec tout *ça*.

Elle insista sur ce dernier mot et l'accompagna d'un geste en direction du bureau. Cette soirée entre frères et sœurs, l'enterrement de papa, l'héritage, la maison à vendre... Oui. Elle avait hâte d'en finir avec tout *ça*.

Mathieu s'appuya contre le bureau et croisa les bras.

— Je suis pressé aussi.

— Comment ça se passe avec Philippe ?

— Aussi bien qu'entre Solène et toi.

— Ça n'a rien à voir ! Philippe et toi, vous vous haïssez. Solène et moi, nous nous détestons. Ce n'est pas pareil.

Mathieu haussa les épaules.

— Ah, Dame Solène ! dit-il en soupirant.

— Elle est à fleur de peau.

— Comme nous tous. Quelle année ! La mort de maman en janvier. Celle de papa cette semaine En six mois, nous sommes devenus orphelins. Et tu sais à quel point Solène comptait sur nos parents.

— Sur *eux* ? Ou sur leur argent ?

À l'unisson, Garance et Mathieu éclatèrent de rire et se tournèrent vers un coffre-fort lové dans une niche en bois.

— J'espère que papa n'a pas oublié de lister dans son testament tous les codes de la maison, murmura Garance.

Mathieu s'esclaffa :

— Si tel est le cas, je m'engage personnellement à défoncer chacun de ces coffres à coups de hache. En attendant, on va essayer de manger quelque chose. Quand le cœur est vide, il faut que le ventre soit plein ! Tu viens ?

— Je te rejoins.

Mathieu déposa un baiser sur le front de sa sœur et quitta le bureau.

Après avoir attendu un instant, Garance plongea la main dans la poche de son jean et en sortit la petite clé dorée. Elle se dirigea vers le coffre-fort et glissa son sésame dans la serrure. Un clic. La porte se déverrouilla, entraînant avec elle une étrange impression de déjà-vu. Garance frissonna. Ne devait-elle pas attendre ses frères et sa sœur pour découvrir le contenu de cette cachette ? Certainement. Mais sa curiosité était la plus forte. Elle s'assura que personne ne pouvait la voir et ouvrit le coffre. À l'intérieur ne reposait ni billets, ni bijoux, ni lingots, mais un carnet en cuir rouge. Ses pages, jaunies par le temps, étaient recouvertes d'une écriture manuscrite à l'encre noire. Garance parcourut rapidement ces lignes rédigées en espagnol, langue qu'elle maîtrisait à la perfection. Elles relataient l'histoire d'un couple et ses trois enfants.

Un nom et une date parachevaient le texte : *Alejandro Belasko. 1861.*

— On t'attend, Garance !

Elle remit le carnet à sa place, fourra la petite clé dorée dans sa poche et, chamboulée, rejoignit les siens dans la salle à manger.

Cette nuit, lorsque tout le monde dormirait, elle viendrait lire ce journal intime. Des mots captés à droite et à gauche l'avaient intriguée. Et, surtout, une question l'obsédait : pourquoi son père gardait-il ce carnet dans le coffre de son bureau ?

7
Philippe

André Belasko avait assuré que la meilleure façon de lui rendre un dernier hommage serait de déboucher un grand cru. Ce jour-là, Philippe avait ri. À présent, ces mots l'emplissaient de tristesse.

Il se dirigea vers l'armoire à vin dans la salle à manger et en ouvrit la porte. Les enfants avaient offert ce cadeau à leur père qui l'avait qualifié de « gadget ». Selon lui, le seul endroit permettant de conserver dignement du vin était une cave voûtée en pierres, à l'image de celle dont disposait la Casa. Longtemps, l'armoire était restée vide jusqu'à ce que maman, contrariée, intime à son époux de faire honneur à ce cadeau. Il s'était confondu en excuses. Au pas de course, il était descendu dans la *vraie* cave pour choisir une dizaine de bouteilles sans prétention. Au bout de quelques mois, il avait revu son jugement et reconnu les qualités du *gadget*: fiabilité et précision. Il en vantait même les mérites auprès de ses invités, ce qui amusait Philippe. Cette attitude démontrait que son père était têtu, mais qu'il savait reconnaître s'être trompé. L'humilité était l'une de ses qualités.

Philippe inspecta les bouteilles et, en un clin d'œil, identifia les Casa Belasko. Il en fit glisser une première, puis une seconde. Ses yeux brillèrent lorsqu'il trouva enfin le millésime le plus ancien, celui qu'ils allaient boire ce soir. Il déboucha le grand cru, le versa dans un verre ballon en cristal et le contempla avant de le porter à son nez. Ses sens s'éveillèrent et ravivèrent le souvenir de son père. Il lui avait appris à humer le vin, à le faire tournoyer, à le goûter. Il lui avait transmis sa passion. Aujourd'hui, par ces simples gestes, elle lui survivait. Savourer cet élixir constituait une ultime communion avec papa.

— Il est bon ?

Philippe sursauta. Dans sa main, le vin trembla et quelques gouttes jaillirent hors du verre. Cette réaction fit sourire Garance.

— Je ne voulais pas te faire peur, Phil.

— Ce n'est pas de ta faute. Je suis un peu…

— Tendu ?

— Exactement ! Mais pour répondre à ta question : oui, il est très bon.

— C'est un Belasko ?

— Évidemment.

— Quelle année ?

— 1982.

— Produit par notre père quelques années après notre arrivée.

— Exact ! Tu te rappelles lorsque nous avons emménagé ici ?

— Comme si c'était hier. J'étais folle de joie !

— Tu courais partout ! Et tu es tombée dans l'escalier. Mais ton excitation était telle que tu n'as même pas pleuré !

— Et toi, le râleur de service ! Tu as boudé toute la soirée parce que Mathieu avait choisi la chambre que tu voulais !

— Râleur, moi ? Jamais !

— Ah si !

— Non ! C'est faux !

Philippe tenta de se justifier mais sa sœur fit mine de ne pas l'entendre. Elle explosa de rire devant son air déconfit et se pencha à son oreille.

— Mais tu es mon râleur préféré !

Garance et Philippe s'adoraient. Lorsqu'ils étaient enfants, elle surnommait d'ailleurs son frère aîné « petit papa ». Il l'aidait à faire ses devoirs, lui donnait une partie de son argent de poche pour qu'elle s'achète des bonbons et lui avait appris à monter à vélo. En échange, elle lui préparait son goûter avec autant d'amour que d'imagination. Philippe adorait sa recette de crumble de bananes nappé d'une sauce au chocolat. Ce simple souvenir gustatif déclencha des gargouillis dans son ventre.

— Alors, madame la cheffe étoilée : que nous cuisines-tu pour le dîner ?

— Je ne suis plus étoilée, Phil.

— Pour moi, tu le seras toujours.

— C'est gentil, mais il ne reste rien de ma réputation sinon des rumeurs et des critiques négatives sur Tripadvisor.

— C'est une mauvaise passe. Tu vas retomber sur tes pattes, j'en suis sûr !

— Si seulement tu avais raison.

— J'ai raison. À toi de te battre pour nous le prouver.

Garance leva le sourcil gauche. Philippe connaissait bien la signification de ce tic : sa sœur était vexée.

— Excuse-moi si…

— Pas grave.

Pour mettre un terme à cette conversation embarrassante, Garance frappa dans ses mains et s'écria :

— Qu'est-ce qu'on mange ? J'imagine que Thérèse nous a mijoté un bon petit plat…

Solène fit claquer la porte d'un placard, puis se tourna vers sa sœur en croisant les bras sur la poitrine.

— Thérèse ne venait plus depuis que papa était sous perfusion.

— Pardon ?

— Tu ne le savais pas ?

— Si. Enfin… Non…

Solène adressa un regard assassin à Garance et haussa les épaules :

— Pardonne-moi : j'avais oublié que tu n'adressais plus la parole à notre père.

— Ça t'amuse de me balancer ce genre de reproche la veille de son enterrement ?

— Toi, tu me reproches de t'adresser un reproche ? Ah oui ! Pardon ! J'avais oublié que tu en avais le monopole.

— Ça suffit, les filles !

Philippe avait haussé le ton. Élever la voix n'était pas dans ses habitudes, mais là c'était un mal nécessaire. Il n'avait pas envie d'être témoin d'une nouvelle querelle.

Surprises par cette réaction inhabituelle, les deux femmes cessèrent de se disputer. Seul le cliquetis des couverts posés par David sur la table en chêne vint perturber le calme qui s'était installé. Durant de longues minutes, plus un mot ne fut prononcé dans la salle à manger et chacun s'affaira pour ne pas avoir à rompre ce silence gênant.

Avec un torchon, Philippe essuya quatre verres en cristal et les remplit de vin ; Mathieu disposa sur un plateau les fromages qu'il avait apportés ; David trancha le pain acheté en route ; Garance éplucha des pommes de terre et les étala sur la plaque du four. Solène, avachie sur une chaise, attendait, pour sa part, que le repas soit prêt.

— Qui est allé voir papa à la chambre funéraire ? lança-t-elle à la cantonade.

Les réactions se firent attendre.

— Pas moi, répondit enfin Mathieu.

— Pourquoi ?

— Parce que je n'ai pas voulu faire cinq heures de route deux fois dans la semaine. Cet argument satisfait-il madame la juge ?

Solène dressa son majeur à l'intention de son frère. Garance prit, à son tour, la parole.

— Je voulais venir mercredi, mais impossible. J'avais trop de travail.

— Phil ?

— J'ai eu une semaine chargée. J'ai enchaîné les rendez-vous sans prendre le temps de souffler.

— J'y suis passé hier soir, déclara David. J'étais dans le coin pour le boulot.

— Quant à moi, j'y suis allée mercredi, conclut Solène, navrée. Contente de voir que nous sommes deux sur cinq à avoir rendu un dernier hommage à papa.

Mathieu, l'air circonspect, posa les mains sur la table et dévisagea Solène.

— Tu as fait quatre cents bornes mercredi pour venir jusqu'ici ?

— Oui.

— Et tu n'as écrasé personne en chemin ?

— Connard !

Mathieu éclata de rire mais retrouva aussitôt son sérieux sous le regard accusateur de David.

Sentant que les esprits s'échauffaient une nouvelle fois, Philippe proposa d'aller tous ensemble à la chambre funéraire, le lendemain, juste avant les obsèques de papa. Tout le monde approuva, sauf Solène qui secoua la tête de gauche à droite. Elle n'en avait pas fini.

— Franchement, je ne vous comprends pas. Ce n'était pourtant pas difficile de…

— On bosse, nous !

Le ton de Philippe traduisait l'envie de clore la discussion et, par la même occasion, d'envoyer une pique à Solène. Elle haussa les sourcils en guise de réponse et porta son verre à ses lèvres.

Philippe posa la bouteille presque vide au centre de la table et prit sa place habituelle. Ses frères et Garance s'assirent à leur tour. Les chaises de leurs parents restèrent tristement vides.

Les couverts commencèrent à tinter. La nourriture fut partagée, le vin bu, une seconde bouteille ouverte. À la demande générale, Garance enfourna un deuxième plat de pommes de terre. Les conversations devinrent plus légères. Des sourires illuminèrent les visages, des rires s'élevèrent. On évoqua les vacances d'été qui approchaient et les enfants qui grandissaient. Solène et Garance échangèrent leur avis autour d'un film qu'elles avaient adoré. Philippe et David évoquèrent le passé. Mathieu recycla ses vieux jeux de mots pour le plus grand plaisir de l'assemblée. Le bonheur et la simplicité s'invitèrent à table durant quelques instants.

Seul l'épicurisme rendait possible un tel miracle.

Philippe aurait aimé que ce moment dure une éternité.

Le plateau de fromages compléta le repas et Garance dévoila la tarte aux fraises qu'elle avait préparée la veille. Elle la coupa et disposa chaque part dans une assiette à dessert.

Mathieu proposa d'ouvrir une autre bouteille. Les filles acquiescèrent. Philippe s'y opposa mais personne ne lui prêta attention. Vexé, il se leva de table et alla chercher, sur le buffet, les documents laissés par leur père. L'heure était venue d'en prendre connaissance. Plus vite ils seraient lus, plus vite Philippe irait se coucher.

Il décacheta l'enveloppe et en sortit deux feuillets : un testament et une lettre. Après avoir constaté que tous les regards étaient braqués sur lui, il se lança dans la lecture solennelle de l'ultime message d'un père à ses enfants.

Lorsqu'il eut terminé, il observa ses frères et sœurs. La même expression transparaissait sur les visages : tous les cinq étaient abasourdis par ce qu'ils venaient d'entendre. Chacun aurait pu être interpellé par l'une ou l'autre phrase de cette lettre. Non. Tous n'en avaient retenu qu'une. La plus dure. La plus terrible. La plus choquante.

« Votre mère ne s'est pas suicidée :
on l'a assassinée. »

Acte II

« Ah mes chers enfants ! Comme je vous ai aimés !
Et j'ai aimé chacun des petits-enfants que vous
m'avez donnés. Tous ! Sans exception !
Même Mathéo. »

Ce récit des heures précédant le drame avait été livré sans émotion, comme raconté par un enfant qui déclame une poésie apprise à l'école. Quant aux yeux qui observaient le capitaine, ils étaient vides, dépourvus de toute expression. Ce détachement était troublant. Était-il dû au traumatisme ? Aux médicaments ? Ou cachait-il autre chose de plus inquiétant ?

La silhouette s'enfonça dans les draps. Jouvry attendit la suite, mais elle ne vint pas. Il jugea que ces quelques minutes de silence étaient l'occasion de marquer une pause. Il essuya la sueur sur son front, remonta ses manches et ouvrit la fenêtre. La chaleur dans cette chambre était insoutenable. Dehors, une chanson insipide s'échappait de l'habitacle d'une voiture arrêtée à un feu. Alors qu'il ne s'y attendait pas, la voix derrière lui s'éleva.

— Du domaine, nous n'entendions jamais de musique en provenance de la vallée. C'était le calme absolu.

— Quel effet la révélation de votre père a-t-elle eu sur vous ?

— Un choc indescriptible ! Nous étions estomaqués. À tour de rôle, nous avons relu la lettre. Chaque phrase fut décortiquée, chaque mot interprété. Nous espérions que le texte griffonné sur ce papier prendrait un autre sens. Comme nous étions naïfs ! L'histoire était déjà écrite et rien ne changerait son cours.

— Ensuite ?

— Notre surprise s'est dissipée et le déni l'a remplacée. Nous refusions de croire ce qu'avançait notre père.

— Parlez-moi de la mort de votre mère.

— Elle s'est suicidée il y a six mois. Le vendredi 18 janvier.

— Pourquoi a-t-elle eu ce geste malheureux ?

— Elle souffrait de dépression. Quelques années auparavant, elle avait déjà attenté à ses jours. Les antidépresseurs et un psychiatre l'avaient aidée à s'en sortir. Mais, lorsque papa est tombé malade, maman a replongé. Savoir que son époux allait mourir l'a anéantie. La posologie des médicaments a été doublée, mais ça n'a pas suffi. Pour nous, la raison de son suicide était claire : incapable d'affronter la mort annoncée de notre père, notre mère a lâché prise et décidé de le précéder dans l'au-delà.

— Un médecin légiste a-t-il officialisé la cause du décès ?

— Oui. Intoxication aux barbituriques.

— Vous aviez donc la certitude que votre mère s'était suicidée et, pourtant, votre père affirmait le contraire dans sa lettre ?

— Insensé, n'est-ce pas ? Bien qu'ayant toujours eu une confiance aveugle en lui – un homme honnête et respectable –, nous ne pouvions nous résoudre à le croire. Non : notre mère n'avait pas été assassinée. Nous en étions certains.

— Avant sa mort, votre père vous avait-il fait part de ses doutes ?

— Jamais.

— Pourquoi ?

— Je n'en ai pas la moindre idée.

— Apportait-il d'autres précisions dans sa lettre sur ce supposé « assassinat » ?

— Aucune. Pas de preuves, pas d'arguments. Rien. Juste cette phrase sans explication. Pourquoi nous laissait-il avec de telles interrogations ?

— Parce qu'il n'en savait pas plus ?

— Sans doute. Ou parce qu'il voulait que nous menions l'enquête.

Le capitaine hocha la tête.

— Pourriez-vous me décrire les circonstances dans lesquelles votre mère est morte ?

— Avec exactitude ! Je n'ai rien oublié. Quand je ferme les yeux, les images défilent si vite qu'elles m'en donnent la nausée. Elles sautillent devant moi comme si un vieux projecteur les diffusait. J'entends les appels au secours, je sens mon cœur battre dans ma poitrine et je me souviens du chagrin incommensurable qui nous a tous dévoré cette nuit-là.

— Tous ?

— Oui. Nous étions tous réunis à la Casa.

Malgré la chaleur, le capitaine sentit un frisson le parcourir.

— L'un de vous a-t-il vu quelque chose ?

— Non.

— Pas de témoin ?

— Un seul. Il pourrait nous dire comment est morte notre mère. Malheureusement, ce témoin n'est pas doué de parole.

— Qui est-ce ?

— La Casa. Elle seule connaît la vérité. Elle doit être si triste à présent. Après le drame de cette nuit, les journaux parleront d'elle. J'imagine déjà les gros titres… Racoleurs… Une nouvelle fois, les gens diront de cette maison qu'elle est maudite. Dans l'inconscient collectif, elle deviendra le Manoir Tudor, où s'est déroulée une vulgaire partie de Cluedo. « Le docteur Olive, avec le chandelier, dans la bibliothèque. » Notre pauvre Casa ne mérite pas un tel sort…

Les yeux écarquillés, le capitaine remua la tête de haut en bas. La personne face à lui était-elle en train de délirer ? Elle traitait cette maison comme un être à part entière. Une attitude déconcertante. Jouvry devait remettre cette conversation sur les rails s'il ne voulait pas qu'elle vire à l'absurde.

— Revenons-en à cette nuit…

— Et la mort de notre mère?

— Plus tard.

— Impossible, capitaine. Tous les événements sont liés. Pour comprendre la tragédie de cette nuit, nous ne pouvons pas éluder la mort de ma mère. Car ce sont les doutes au sujet de son suicide qui ont amené le pire à se produire.

— Je comprends. Vous me donnerez les détails au fil de votre récit. Reprenez où vous en étiez. Vous venez de lire cette lettre. Et ensuite?

La silhouette eut un rire glaçant et une grimace sinistre tordit son visage.

1

David

La lettre fut posée au centre de la table et les langues se délièrent enfin. Les voix tremblaient et oscillaient entre l'incompréhension, le chagrin, la colère. Elles se croisaient, se chevauchaient, prenaient des routes incertaines. Le ton monta et, dans la salle à manger, naquit la discorde. Le silence n'était plus. Un brouhaha insupportable l'avait remplacé. Chacun exprimait son opinion et exposait sa version des faits. Des thèses abracadabrantes étaient échafaudées. Les uns parlaient sans écouter les autres, rendant vaine cette discussion autour de la mort de maman. David avait l'impression d'être devant son téléviseur, sur une chaîne d'informations en continu, spectateur d'un débat politique stérile dans lequel personne n'est enclin à changer d'avis. Las, il décida de fermer les écoutilles. Plus que jamais, il avait besoin de tranquillité. Il se réfugia dans un monde parallèle empli de sérénité : le passé. Sans aucune difficulté, il retrouva la douceur de son enfance. Les jeux avec ses frères, les rires de ses sœurs, les dîners en famille autour de la table en chêne, les longues promenades dans les bois, les étés au bord de la piscine… Ses souvenirs le conduisirent jusqu'à ses dix-neuf ans, année au cours de laquelle il avait quitté le cocon familial pour s'installer à Marseille et intégrer une école de commerce. Le jour de son départ, son père l'avait pris dans ses bras et serré contre lui. Ce geste avait touché David qui n'était pas habitué à de telles marques d'affection.

Le jeune homme avait posé ses bagages dans un studio du centre-ville. Si la plupart de ses camarades se réjouissaient de leur indépendance fraîchement acquise, David était, lui, nostalgique. La Casa lui manquait. Sa famille encore plus. Pour lutter contre le spleen, il s'était consacré à ses études. Grâce à son travail et à son aisance naturelle avec les chiffres, il s'était imposé parmi les meilleurs dès la première année. Ses professeurs lui assuraient un avenir prometteur. Ils ne s'étaient pas trompés. Son cursus terminé, David s'était intéressé à la Bourse. Un choix payant. Son intuition – héritée de son père, celle responsable du succès des grands crus Belasko – l'avait conduit à faire des placements lucratifs. À trente ans, il était devenu propriétaire d'un loft à Antibes et d'un chalet à Courchevel. Cerise sur le gâteau : il s'était offert une Aston Martin de collection et avait ainsi réalisé un rêve de gosse.

David avait tout pour être heureux. L'argent. Et l'amour. Sur les bancs de son école, il avait rencontré Sophie, son épouse, puis associée. En affaires, ils formaient un duo de choc ; à la maison, un couple épanoui et comblé par deux superbes enfants.

Oui : ils avaient tout pour être heureux…

Malgré une vie bien remplie, David s'attachait à passer, une fois par mois, un week-end chez ses parents. Il voulait profiter de leur présence autant que possible et engranger un maximum de souvenirs avec eux. Dès qu'il franchissait la porte, sa mère accourait, des effluves de parfum à la vanille dans son sillage, pour l'étreindre. Son père le saluait en lui tapant sur l'épaule et l'entraînait dans les vignes pour une promenade au soleil couchant. David savourait la compagnie de ses parents, s'enivrait de la quiétude de la campagne tout en déplorant que la tranquillité ne s'achète pas. Son loft à Antibes n'avait rien d'un havre de paix et le tapage des bars, des voitures et des voisins l'empêchait souvent de dormir. *A contrario*, au sommet de la colline, il n'y avait jamais de bruit. Les nuits au domaine étaient toutes reposantes et réparatrices.

Toutes. Sauf une.

Il s'en souvenait parfaitement.

Il était là.

Ils étaient *tous* là.

Sous l'impulsion de David, la fratrie s'était rassemblée à la Casa. Une intention louable qu'il avait finalement regrettée. La tragédie aurait-elle eu lieu s'il n'avait pas réuni ses frères et sœurs ce jour-là ? Leur mère se serait-elle suicidée si elle n'avait été témoin de la haine que se vouaient ses enfants ?

Maman allait mal et tu pensais qu'être tous les cinq auprès d'elle lui ferait du bien. Tu t'es planté ! Tes bonnes intentions ne l'ont pas sauvée. Elles l'ont tuée !

Longtemps, David s'était senti responsable de la mort de sa mère. Pourtant, si c'était à refaire, il ne changerait rien. Un élément déclencheur l'avait poussé à agir : un appel reçu un jeudi de janvier. Au bout du fil, maman, hystérique, tenait des propos incohérents. À force de réconfort, elle s'était calmée et avait expliqué à David la raison de ses tourments. L'état de santé de papa était alarmant. Les cellules cancéreuses se développaient à une vitesse sidérante. Les médecins n'avaient jamais été aussi pessimistes. Ils avaient prononcé ces mots que maman avait répétés au téléphone en hurlant : « C'est fini ! »

Bouleversé, David avait appelé ses frères et sœurs pour leur apprendre la nouvelle. Il avait aussi partagé ses inquiétudes quant à la fragilité psychologique de leur mère et avait proposé de réunir la famille au domaine. Philippe et Solène avaient accepté sans hésiter. Mathieu s'était montré plus réticent. L'idée de revoir son frère aîné ne l'enchantait guère, mais, devant l'insistance de David, il avait cédé. La plus difficile à persuader avait été Garance. David n'avait rien oublié de leur conversation.

— Nos parents ont besoin de nous !

— Où étaient-ils lorsque j'avais besoin d'eux ?

— Il faut que tu mettes ta rancœur de côté.

— Facile à dire.

— Tu n'auras peut-être pas l'occasion de revoir notre père vivant, Garance.

— Je...

— Fais un effort, bon sang ! Tout le monde sera là.

— Mathieu aussi ?

— Oui. Pourtant, le convaincre de passer deux jours sous le même toit que Philippe n'a pas été facile. S'il est capable de concessions, toi aussi tu le peux.

— Laisse-moi réfléchir, David.

— Si tu veux. Mais n'oublie pas que la mort ne nous laisse pas le temps de réfléchir.

Garance avait finalement accepté de se joindre à eux.

Le lendemain, à 17 heures, les cinq frères et sœurs s'étaient retrouvés dans le hall d'entrée de la Casa. Être réunis au domaine ne leur était plus arrivé depuis le mariage de Garance, vingt-trois ans plus tôt. Maman, folle de joie, les avait tour à tour serrés dans ses bras.

Les enfants s'étaient ensuite rendus dans la chambre de leur père où une scène éprouvante les attendait. Dans son lit médicalisé, André Belasko, amaigri et affaibli, le teint jaunâtre, ressemblait plus à un mort qu'à un vivant. Son nez pincé, ses joues creusées et ses orbites enfoncées lui donnaient des allures de cadavre et on pouvait facilement deviner la forme de son crâne sous la peau. Philippe lui avait caressé la joue ; Mathieu avait pris sa main ; Solène l'avait embrassé ; David l'avait délicatement bordé ; Garance était restée en retrait. Le chef de famille s'était efforcé de prendre des nouvelles de chacun. Sa voix tremblait et il éprouvait des difficultés à s'exprimer. Voir cet homme jadis si vigoureux, courageux et combatif, dans cet état, avait plongé les enfants dans une profonde tristesse. Oui, la fin était proche et aucun d'eux se semblait prêt à l'affronter.

Le cœur meurtri, David avait quitté la chambre de son père et était retourné dans le salon où un autre spectacle, tout aussi traumatisant, se jouait. Maman déambulait dans la Casa, hagarde, les doigts entortillés autour d'un mouchoir. Vêtue de sa chemise de nuit en dentelles, elle ondoyait comme un spectre. Sa longue chevelure blanche, agitée par une force inconnue, ondulait autour de ses épaules. Son regard était vide. Absent. En prêtant attention, David l'avait entendue fredonner une comptine. Il avait tressailli. Sa mère détestait chanter.

À 19 heures, les enfants s'étaient assis autour de la table de la salle à manger pour dîner. Papa n'avait pas pu se joindre à eux.

L'heure de se coucher venue, David avait souhaité une bonne nuit à son père, puis était monté à l'étage pour embrasser sa mère. Assise dans le lit conjugal, ses petites lunettes vertes sur le nez, elle tenait entre ses mains un livre qu'elle ne lisait pas. Elle n'avait manifesté aucune réaction lorsque son fils était entré. La bouche entrouverte, le teint pâle, elle semblait fixer une silhouette invisible. David avait déposé un baiser sur son front avant de regagner sa chambre en frissonnant. Il s'était glissé sous les draps en espérant s'endormir rapidement, mais des dizaines de questions l'en avaient empêché. Avait-il suffisamment profité de la présence de ses parents ? Les avait-il suffisamment aimés ? Que serait la vie sans cet homme et cette femme qui lui avaient tout appris ? Était-il prêt à les laisser partir ? La réponse était claire. Non, il en était incapable. Côtoyer la mort le pétrifiait.

Nerveux, il s'était levé, avait erré dans les couloirs et constaté ne pas être le seul à souffrir d'insomnie : un rayon de lumière filtrait sous la porte de Mathieu.

Devant la chambre de sa mère, un pressentiment s'était emparé de David et l'avait conduit à jeter un œil dans l'entrebâillement. La lampe de chevet éclairait une scène étrange. Maman était encore assise dans son lit, les yeux écarquillés. Sa tête reposait lourdement sur sa poitrine et ses bras étaient collés le long de son corps, les paumes tournées vers le plafond. Son livre gisait sur le sol. À côté d'elle, sur la table de nuit, boîtes de médicaments et piluliers étaient empilés. David s'était précipité dans la chambre et avait saisi sa mère par les épaules. Il l'avait secouée, elle n'avait pas réagi. Il l'avait appelée en hurlant, elle n'avait pas répondu.

Son pire cauchemar prenait vie.

Et la mort, qu'il avait tant redoutée, avait bel et bien frappé ce soir-là, mais elle s'était méprise sur la personne à faucher.

« *Votre mère ne s'est pas suicidée :*
on l'a assassinée. »

Si papa disait vrai, que s'était-il réellement passé cette nuit-là ?

Le scénario, auquel tous avaient cru jusqu'à présent, était en train de s'effriter et, peu à peu, David envisageait une autre version de l'histoire.

Plus sombre. Plus violente. Plus vicieuse.

Que personne n'aurait osé imaginer.

2

Mathieu

Après l'avoir lue une énième fois, Mathieu reposa la lettre. Parmi tous ces mots, un détail, qu'il ne parvenait pas à identifier, le perturbait, au point de faire apparaître les premiers symptômes d'une migraine.

Il se leva en grognant et alla chercher dans son sac une boîte d'Ibuprofène. Il décapsula deux comprimés et retourna dans la salle à manger où les bavardages avaient cessé. Il tendit le bras vers la bouteille de vin, remplit son verre et le vida d'un trait. Les médicaments glissèrent dans sa gorge et cette sensation lui apporta un peu de réconfort. Pour apaiser les maux de tête, l'idéal aurait été de s'isoler et de se plonger dans le noir. Impossible. Mathieu devait rester avec ses frères et sœurs et écouter cette conversation stupide au sujet de la mort de maman. Seule consolation : le silence régnait à nouveau autour de la table. Mais la trêve fut rompue par Philippe, qui décida de relancer le débat.

— Loin de moi l'idée de remettre en cause ses allégations, mais peut-on considérer, en toute objectivité, l'état de notre père ces derniers temps ? Il était assommé par la morphine et avait du mal à s'exprimer. Était-il lucide lorsqu'il a écrit cette lettre ? N'avait-il pas…

Mathieu fulminait devant l'air suffisant de son frère. Il ne supportait pas de le voir prendre les choses en main, ni le ton arrogant qu'il employait pour s'adresser à eux.

Depuis toujours, Philippe était certain que son point de vue prévalait sur celui des autres. Papa avait, malgré lui, alimenté ce sentiment de supériorité en lui déléguant régulièrement son autorité. Philippe avait grandi en étant persuadé d'avoir la science infuse, ce qui agaçait ses frères et sœurs. Pourtant, ce soir, autour de la table, personne ne pipa mot. Tous étaient pendus aux lèvres de l'aîné et pas un ne semblait vouloir l'interrompre. Mathieu sentit un frisson lui parcourir l'échine. Il s'imaginait sur un ring, envoyer son abruti de frère dans les cordes et le faire taire à coups de poing dans la gueule. Se figurer cette scène lui procura une telle jouissance qu'il ne put s'empêcher de sourire. Il se demanda même si, pour son bien-être, il ne devait pas passer à l'acte. Mais Garance prit la parole, mettant un terme au long monologue de Philippe.

— Quelques mois après la mort de notre mère, papa allait mieux, paraît-il. D'après Solène, les médecins avaient diminué la dose de morphine. Il a pu écrire la lettre à ce moment-là. En pleine possession de ses moyens.

Philippe désapprouva.

— Non. Même lorsque la maladie perdait du terrain, notre père était shooté aux médocs. Je suis sûr qu'il délirait.

Garance fronça les sourcils et se recroquevilla sur sa chaise sans ajouter un mot. Mathieu réprima une envie de rire. Pensait-elle vraiment convaincre *monsieur l'aîné*? Non. Rien ne pouvait le faire changer d'avis. Sauf un coup de boule.

— Philippe a raison, soutint Solène. J'ai vu papa une semaine avant sa mort et il n'était pas dans son état normal. Il m'a appelée « Garance ».

— Il se trompait toujours de prénom, releva sa sœur. Toute sa vie, il m'a appelée Solène.

— Oui, mais avec moi ça n'arrivait jamais.

Sur le visage de Garance, Mathieu devina l'agacement. Pourtant, elle ne riposta pas. Solène, profitant de l'attention qui lui était accordée, poursuivit :

— L'explication est peut-être ailleurs… Nos parents étaient très pieux… Et le suicide est un péché grave chez les catholiques. Ceux qui attentent à leurs jours n'ont pas leur place au paradis. Notre père aurait inventé cette thèse de l'assassinat pour racheter l'âme de son épouse.

Garance leva les yeux au ciel.

— Ça n'a pas de sens, Solène.

— Que proposes-tu ?

— Je ne propose rien. Je sais juste, comme vous, que papa était paranoïaque. Des serrures à chaque porte, des passes et des codes à tour de bras ! Des secrets, des cachotteries ! Sans oublier cette pièce secrète à la cave dont il refusait de parler ! Je me souviens encore de sa colère lorsque nous avions défié son interdiction.

Mathieu s'en rappelait aussi. Quelques jours après la découverte du quatrième soupirail, Philippe avait convaincu ses frères et sœurs de percer, ensemble, le mystère de la pièce fantôme. Ils avaient attendu d'être seuls pour emprunter le chemin à flanc de falaise. Mais leur père était rentré plus tôt que prévu. Inquiet de trouver la Casa déserte, il était parti à leur recherche et les avait surpris autour du soupirail. Ses cris avaient résonné jusque dans la vallée. Fou de rage, il avait conduit ses enfants dans leur chambre et les avait contraints d'y rester jusqu'à nouvel ordre. Pendant deux jours, Thérèse avait apporté à chacun un plateau-repas et de l'eau. Papa avait finalement levé la punition et réuni sa progéniture dans le salon.

— Je ne veux plus jamais vous voir sur ce chemin, avait-il dit avec fermeté.

Philippe, honteux d'avoir fait punir les siens, s'était défendu.

— Nous voulions savoir ce qui se cachait derrière le soupirail.

Papa avait gardé le silence avant de rire nerveusement.

— Vous voulez vraiment le savoir ?

Tous avaient remué la tête en signe d'approbation.

— Alors je vais vous le dire : derrière cette ouverture se cache l'antichambre du démon. Il a élu domicile sous notre maison il y a très longtemps et, malgré mes prières, je ne suis jamais parvenu à le déloger. Nous n'avons pas d'autre choix que de cohabiter avec lui. Si vous le laissez tranquille, il ne vous fera aucun mal. Mais si vous l'importunez et pénétrez dans ses appartements, vous n'en ressortirez pas vivants !

Philippe et Mathieu n'avaient pu masquer leur stupeur. Solène et David s'étaient mis à pleurer.

— Cette histoire m'avait terrifiée, ajouta Garance. J'imaginais les flammes de l'enfer, là, juste sous nos pieds. Je n'ai pas pu dormir pendant une semaine.

Mathieu dévisagea sa sœur avec dédain.

— Papa a eu ce qu'il voulait : il nous a terrorisés pour qu'on lui fiche la paix avec nos questions ! Antichambre du démon… N'importe quoi ! Notre père était fou ! Fallait pas qu'il s'étonne de ne plus avoir d'amis.

— À la fin, c'est vrai, il détestait les gens et était persuadé que la terre entière lui en voulait, précisa Garance. La paranoïa de notre père ne connaissait aucune limite. À l'heure qu'il est, il doit tanner saint Pierre pour équiper le paradis de caméras.

Cette remarque arracha un rire à Mathieu.

— Saint Pierre, le paradis, l'enfer… Vous n'avez jamais cessé de croire à toutes ces conneries qu'on nous a collées dans le crâne étant gamins…

— Ces conneries ? Comme croire en Dieu ? Tu devrais en prendre de la graine, Mathieu. Un peu de foi te ferait le plus grand bien.

— T'es mal placée pour donner des leçons !

Garance s'apprêta à contre-attaquer, mais Philippe l'en empêcha en posant une main amicale sur son épaule.

— Discuter avec Mathieu lorsqu'il a bu ne sert à rien. Il ne supporte pas l'alcool.

L'offensive de Mathieu ne se fit pas attendre.

— Ce sont les cons comme toi que je ne supporte pas.

Solène tapa sur la table pour les calmer, mais son geste n'eut pas l'effet escompté et Philippe continua de souffler sur les braises.

— J'ai l'impression, Mathieu, que tu te fiches des soupçons de papa concernant la mort de notre mère. Peut-être sais-tu des choses que nous ne savons pas.

— Tu insinues quoi ? Que je l'ai tuée ?

— Pourquoi pas ?

Le brouhaha reprit de plus belle. Mathieu sentit ses muscles se contracter. Il se leva brusquement de sa chaise et se pencha sur Philippe.

— Répète un peu ce que tu viens de dire.

Mais son frère ne répéta pas. Au contraire : il se liquéfia. Mathieu s'esclaffa puis, reprenant son sérieux, s'adressa à l'assemblée. Debout, face à eux, il se crut, l'espace d'un instant, sur le banc des accusés.

— Qu'on ait assassiné notre mère ou qu'on l'ait envoyée sur Neptune m'est égal. Ça change quoi sinon foutre la merde ? La vérité ne nous ramènera pas nos parents. Ils sont morts et il va falloir vous faire à cette idée.

Sur ces mots, il se tourna vers David.

— Et toi, on ne t'entend pas ? Qu'en penses-tu ?

David baissa la tête et s'accorda un temps de réflexion avant de répondre :

— Depuis dix minutes je vous écoute vous chamailler. Pourtant, vous êtes d'accord sur un point : notre père ment dans cette lettre. Philippe affirme qu'il délirait, Solène pense qu'il était trop pieux pour assumer le suicide de son épouse, Garance accuse la paranoïa. Et si, tout simplement, papa ne mentait pas ? Si notre mère avait bel et bien été assassinée ?

Exaspéré, Mathieu jura. Il pensait que David se rangerait à ses côtés et mettrait un terme aux discussions. Au lieu de cela, il jetait de l'huile sur le feu.

— S'il soupçonnait un meurtre, pourquoi n'en a-t-il pas parlé à la police ? demanda sèchement Mathieu.

— Il n'en avait pas la force.

— Dans ce cas, accorder du crédit à ce que racontait un homme assommé par les médicaments est inutile.

Philippe se redressa et lança à Mathieu un regard moqueur.

— Je vois que, pour une fois, nous sommes d'accord.

Mathieu aurait préféré mourir plutôt que de l'admettre. Toutefois, il devait reconnaître partager l'avis de son frère.

En comprenant qu'il était seul contre tous, David se décomposa. Philippe, affecté par le désarroi du benjamin, se radoucit :

— Supposons que papa ait raison. Comment expliques-tu les causes de la mort de maman ? Le légiste a certifié qu'elle s'était intoxiquée aux barbituriques. Difficile à contester, non ?

Garance opina du chef.

— Oui. Et nous n'avons rien vu ou entendu cette nuit-là…

— Le domaine est surveillé, compléta Solène. Une voiture ou un intrus n'aurait pas pu échapper à la vigilance du service de sécurité.

— Ce qui veut dire que l'assassin était présent à la Casa. Et qu'il était des nôtres.

L'hypothèse de David sema le doute et, pendant quelques secondes, plus personne n'osa parler.

— Qui était là ? murmura enfin Solène.

Philippe se mit à compter sur ses doigts.

— La femme de ménage, la femme de chambre, la cuisinière. Maman m'a dit que Paul Martin était passé à 17 heures pour vérifier la chaudière. Ajoutons à cela les infirmières et les aides-soignantes qui se sont relayées au cours de la journée.

David attendit que son frère ait terminé son énumération puis, joignant les mains devant lui, formula ses interrogations à haute voix.

— Et si l'une de ces personnes avait empoisonné la nourriture de notre mère ?

Un frisson parcourut l'assemblée. Solène secoua la tête énergiquement.

— Maman était sévère, intransigeante. Les domestiques pouvaient lui en vouloir, mais pas au point de l'assassiner !

Philippe hésita avant de répondre :

— Je n'en suis pas si sûr.

Mathieu posa un regard rempli de haine sur son frère. Encore une fois, il avait trouvé le moyen d'attirer l'attention.

— Vous n'imaginez pas combien elle était dure avec le personnel. J'ai assisté à une dispute entre elle et Alice, la seconde de cuisine. D'une telle violence… C'est simple : ce jour-là, je n'ai pas reconnu notre mère.

3

Philippe

Un café au lait, une tarte aux pommes, un cigare cubain et la quiétude du domaine. Ce moment aurait pu être merveilleux. Il ne l'était pas. Car sur cette table, à côté du café au lait, de la tarte aux pommes et du cigare cubain, reposait un énorme dossier rouge. Une porte vers l'enfer.

— Tu me montres ces papiers, fiston ?

Papa était apparu sur la terrasse. Un an plus tard, Philippe se souvenait parfaitement de la démarche de son père rendue claudicante par une hanche capricieuse, de son dos voûté par le labeur, de ses traits tirés par le surmenage, de sa peau burinée par le soleil. Papa lui avait donné une tape dans le dos puis s'était mis à tousser. La violence de cette quinte avait inquiété Philippe. En ce mois de juin, le cancer des poumons n'avait pas encore été diagnostiqué et son père, par fierté, minimisait des symptômes pourtant alarmants. Il avait fallu que son mouchoir soit taché de sang pour qu'il consultât enfin un médecin.

— Rentrons, papa. Tu grelottes. Je ne veux pas que tu prennes froid. Allons dans le salon.

Philippe s'était emparé du gros dossier rouge et avait conduit son père à l'intérieur de la Casa. En refermant la baie vitrée, il avait admiré le domaine qui s'étendait à perte de vue. Un sourire avait fendu son visage. Lui était revenue en mémoire une scène d'un dessin animé que sa fille visionnait en boucle lorsqu'elle était gamine. « C*ette immensité baignée de lumière est notre royaume. Le temps que passe un roi à gouverner dépend de la course du soleil. Un jour viendra, le soleil éteindra sur moi sa lumière et se lèvera pour faire de toi le nouveau roi. Et tout cela t'appartiendra.* »

Oui. Un jour, le domaine lui appartiendrait. Le domaine *leur* appartiendrait. Et l'argent ne serait plus un problème.

— Tu viens, Philippe ?

— J'arrive !

Les deux hommes s'étaient effondrés dans des fauteuils Breuer en cuir noir et, à l'unisson, avaient allumé leur cigare. Papa avait interpellé la seconde de cuisine.

— Alice !

— Oui, monsieur ?

— Le plateau de mon fils est resté dehors. Ramenez-le-lui.

Elle s'était exécutée sur-le-champ.

Ce matin-là, la Casa avait des airs de fourmilière. Patricia allait et venait les bras chargés de draps, Marion s'activait dans le hall avec son plumeau, Thérèse préparait le repas dans la cuisine et Paul taillait les cyprès de Provence devant la maison. Cinq domestiques pour deux personnes. Philippe avait trouvé cette proportion ironique. Lui n'avait même pas une femme de ménage à son service, personne pour laver son linge ou lui préparer ses repas. Il s'était mis à sourire. Être divorcé et célibataire présentait des inconvénients. Avoir une épouse se révélait pratique pour celui qui n'avait pas les moyens d'embaucher du personnel.

De retour dans le salon, Alice avait déposé le plateau sur la table basse. Philippe l'avait remerciée en lui adressant un clin d'œil. La seconde de cuisine avait rougi. Cette petite blonde aux formes généreuses et au tempérament bien trempé ne le laissait pas indifférent. Il lui avait tendu de nombreuses perches, mais son charme semblait n'avoir aucune prise sur la jolie cuisinière. Dommage, s'était-il dit en la regardant s'éloigner.

— Tu m'écoutes, Phil?
— Oui, papa. Pardon.
— C'est ça ton dossier?
— Je t'ai amené tous les papiers que j'ai reçus.
— À ce niveau-là de paperasse, ce ne sont plus les modalités d'un divorce. C'est le code civil!
— Je te l'ai dit: Isabelle s'est dégoté un sacré avocat. J'imagine qu'elle couche avec lui en échange de ses prestations.
— Ne parle pas comme ça, Philippe!
— Désolé…
— Surtout qu'à ce sujet tu ne laisses pas ta part au chat!

Le poids de ce reproche avait écrasé Philippe. Oui, il était un homme à femmes, un éternel coureur de jupons. Isabelle, son épouse depuis presque vingt ans, demandait le divorce pour cette seule et unique raison. Trompée maintes fois sans qu'elle ait le moindre soupçon, elle était aujourd'hui bien décidée à lui faire payer son infidélité. Dans tous les sens du terme.

— Ton attitude me déçoit, Philippe. Je pensais que le scandale avec Mathieu et ton divorce avec Sandrine auraient remis les pendules à l'heure. Que tu te serais assagi. Mais non! C'est de pire en pire! Qui t'a appris à traiter les femmes de la sorte? Pas moi, me semble-t-il. Je n'ai aimé que ta mère. Dans les bons comme dans les mauvais moments.
— Je suis désolé.
— Cesse d'être désolé, bordel! Change une bonne fois pour toutes! Et arrête de tromper celles que tu aimes avec tout ce qui bouge!
— Pas avec « tout ce qui bouge », papa.
— Une secrétaire, une stagiaire, une serveuse… Pour moi c'est « tout ce qui bouge ». Je ne suis pas fier de toi, Philippe. Vraiment pas. Et que ça te plaise ou non, sache que tu as bien mérité ce divorce!

En prononçant ces mots, son père avait planté un index menaçant sur le dossier rouge. Bouche ouverte, sourcils froncés, il ne quittait plus son fils des yeux. Philippe avait courbé l'échine. Il venait de fêter ses cinquante-trois ans, son adolescence était loin derrière lui, pourtant, l'autorité de son père le ramenait toujours à l'époque où il n'osait le contredire.

Froissé, Philippe avait écrasé son cigare dans le cendrier et haussé les épaules.

— Si tu ne veux pas m'aider, je comprends. Mais par pitié : ne me fais pas la morale ! Isabelle s'en charge déjà !

Il s'était levé et avait attrapé le dossier rouge sur la table basse. Papa lui avait saisi le bras pour le retenir.

— Assieds-toi, grand nigaud !

Sans un sourire, Philippe avait obéi et mis sa fierté de côté. Seul son père pouvait le conseiller sur ce maudit divorce. Il avait suivi des études de droit lorsqu'il était jeune et sa bibliothèque regorgeait d'ouvrages sur le sujet. Le Dalloz était d'ailleurs l'un de ses livres de chevet.

— Isabelle me réclame cent mille euros.

Une nouvelle quinte de toux avait secoué la poitrine de son père. Reprenant peu à peu son souffle, il avait chaussé ses lunettes et répété :

— Cent mille euros ? Tu en es sûr ?

— C'est écrit ici. Regarde.

— Elle est dingue !

— Non. Elle est vexée. Mais tu l'as dit toi-même : j'ai ce que je mérite.

Son père, déjà plongé dans les documents, n'avait pas répondu. Il les balayait du regard à toute vitesse. Parfois, il levait le nez en l'air, murmurait des choses incompréhensibles, puis reprenait sa lecture. Philippe trépignait d'impatience.

Après une attente interminable, le verdict était enfin tombé.

— T'es dans la merde, fiston.

— Quoi ?

— Tu as raison. Son avocat est bon. T'es mal barré !

— Et les cent mille balles ?
— Tu vas devoir payer.
— De quel droit ?
Son père l'avait longuement observé avant d'extraire du dossier une liasse de feuilles.
— Comment s'appelle ce truc ?
— Un contrat de mariage.
— Exact. Le mariage est un contrat. Qui te lie à ton épouse. Vous avez, l'un envers l'autre, des droits et des devoirs. En forniquant à droite et à gauche, tu as fait une entorse à ce contrat.
— Mais…
— Je suis désolé, fiston, mais ce dossier est en béton. Tu n'as pas le choix : sortir ton chéquier et assumer tes actes.
Le monde s'était écroulé autour de Philippe. Il était persuadé que son père trouverait une faille, mais elle n'existait pas.
Une question cruciale se posait à présent : comment allait-il réunir la somme exigée par Isabelle ?
— Dis-moi, papa. Pourrais-tu me prêter…
Un cri avait interrompu Philippe.
Papa avait bondi de son fauteuil en maugréant et s'était précipité en direction des hurlements. Dans la cuisine, Mme Belasko, rouge de colère, mains sur les hanches, sermonnait Alice. Cette dernière tremblait de tout son être. Derrière elle, Thérèse assistait, impuissante, à la scène. Au sol, plusieurs morceaux de porcelaine donnaient un aperçu du problème. Si Alice était une cuisinière talentueuse et dévouée, elle était aussi fort maladroite.
M. Belasko avait essayé de raisonner son épouse.
— Calme-toi, chérie.
— Me calmer ? Cette idiote a cassé le plateau de tante Édith !
— Ce n'est rien.

— Rien ? Tu plaisantes, André ?

— Je vais demander à Marion de balayer.

— Et qui va remplacer ce qui a été cassé ? Qui ?

Maman était aussi intransigeante avec son personnel qu'avec ses enfants. Philippe se souvenait de colères mémorables pour un pantalon taché de boue, de fessées déculottées pour une glace au chocolat tombée par terre, de redoutables punitions pour une course-poursuite dans les escaliers. Mais le pire était ses sautes d'humeur. Ce qui l'agaçait un jour, l'indifférait le lendemain. Elle savait être aussi douce que dure. Un loup déguisé en agneau. Ou l'inverse…

Alice avait lancé à Philippe un regard empli de détresse. Elle l'appelait à l'aide. Le désarroi de la cuisinière lui avait brisé le cœur. Pourtant, il ne pouvait se résoudre à agir. S'opposer à l'autorité de sa mère était inconcevable.

La jeune femme, comprenant qu'elle ne disposait d'aucun allié, avait alors rétorqué avec aplomb :

— C'est sûr que quand on ne fait rien, on ne casse rien.

Un silence avait suivi la remarque d'Alice et il ne présageait rien de bon. Philippe s'était mis à frissonner. On ne tenait pas tête à Mme Belasko. S'y risquer vous exposait à une cinglante repartie. Celle-ci s'était d'ailleurs abattue sur Alice sous la forme d'une gifle. La seconde de cuisine, surprise par une telle riposte, avait porté la main à sa joue où quatre doigts venaient de laisser une empreinte écarlate. Son visage était passé de la stupéfaction à la fureur. La jeune femme s'était tournée vers le piano de cuisson pour s'emparer d'une casserole et, d'un geste brusque, en avait jeté le contenu frémissant sur Mme Belasko. La sauce tomate brûlante s'était déversée sur la longue chevelure blanche de maman. Grotesque poupée de sang, les yeux écarquillés, l'air pincé, elle avait fixé l'assemblée sans dire un mot. Sa respiration était devenue saccadée. Et ses hurlements avaient suivi. Alice s'était ruée sur elle et, de ses petits poings, l'avait frappée en hurlant. Philippe s'était précipité pour séparer les deux femmes.

— Elle me le paiera, la garce!

— Va brûler en enfer!

Les secours, prévenus par Thérèse, étaient arrivés et maman avait été transportée à l'hôpital en urgence. André Belasko avait licencié Alice sur-le-champ et, en bas de son ultime fiche de paie, avait inscrit le chiffre « 0 ». Le plateau en porcelaine avait été retenu sur son salaire.

Papa avait interdit à Philippe de rapporter cette altercation à ses frères et sœurs. Pourquoi? Avait-il eu honte de la réaction disproportionnée de son épouse? Avait-elle déjà levé la main sur l'un de ses domestiques? Philippe aurait aimé poser ces questions mais il s'était abstenu et avait juré de garder le secret. Et ce soir, un an après les événements, il avait brisé cette promesse.

— Je n'ai jamais vu les brûlures de notre mère, s'étonna Solène.

— Elle les cachait. Avec un foulard, un col roulé ou un chemisier boutonné jusqu'au menton.

— Elle a dû souffrir.

— Oui. Heureusement, seule sa poitrine a été brûlée. Maman n'aurait jamais supporté d'être défigurée.

— À l'époque, notre père n'a pas voulu nous dire pourquoi il avait licencié Alice, remarqua Garance. J'en comprends la raison maintenant.

Absorbés par leurs pensées, tous semblaient se figurer la scène, ces quelques minutes atroces auxquelles Philippe avait, lui, assisté. Un banal accident qui tourne au drame. Et pourquoi pas une histoire de domestique renvoyé qui vire au cauchemar? Comme chez Frank Lloyd Wright, l'architecte américain qu'André Belasko admirait tant. Philippe se souvenait d'une anecdote sanglante qu'il avait lue dans le livre de papa. En 1911, dans le Wisconsin, Wright avait fondé une communauté unitarienne. Sur un terrain offert par sa mère, il avait construit des bâtiments communautaires où il s'était installé avec Mamah, sa maîtresse. Mais, en 1914, un employé récemment licencié avait incendié les lieux et assassiné sept résidents à coups de hache. Wright avait été épargné. Pas Mamah.

Sous les yeux de Philippe dansait la photographie qui accompagnait l'anecdote. Elle montrait les lieux du crime mais ne donnait aucune indication sur l'horreur perpétrée. Philippe s'était donc attaché à imaginer la scène. Sept corps broyés par une hache. Les crânes fendus sous le poids de la lame. Les os qui percent à travers la peau. Les chairs projetées contre les murs. Les visages déformés par la terreur et les convulsions.

Le sang qui coule en rivières indomptables.

La couleur rouge qui se déverse sur les épaules et la poitrine de sa mère.

Le geste d'Alice avait été d'une telle violence… Traduisait-il une envie réprimée depuis longtemps ?

La vengeance est un plat qui se mange froid. Là, il était brûlant. Et qui mieux qu'une cuisinière humiliée pour le préparer ?

4

Garance

La soirée précédant la mort de maman était présente dans toutes les mémoires.

À 19 heures, les enfants s'étaient réunis dans la salle à manger et chacun avait pris sa place habituelle autour de la table en chêne. Sur les sept chaises, une était restée inoccupée. Papa n'avait pas partagé ce repas avec les siens. Il n'en partagerait plus aucun.

Le dîner avait débuté dans le silence. L'état de santé déplorable de leur père avait plongé les enfants dans la morosité. Personne n'avait le cœur aux bavardages. Encore moins Garance. Si elle avait accepté de participer à ce week-end en famille, elle avait toutefois décidé de camper sur ses positions et de ne pas adresser la parole à sa mère. Depuis, les remords ne cessaient de la ronger. Souvent, dans ses rêves, elle la retrouvait à l'ombre du pin parasol et la serrait dans ses bras en implorant son pardon. Mais le songe se dissipait, et seul persistait l'âpre parfum des regrets. « La mort ne nous laisse pas le temps de réfléchir », avait dit David. Comme il avait raison.

Thérèse n'avait cessé d'aller et venir de la cuisine avec différents plateaux, de quoi satisfaire les préférences de chacun. Pour Solène, elle avait préparé des œufs mollets, pour Mathieu un foie gras maison, pour Philippe un saumon gravlax. Garance avait dénombré dix plats différents. Trois choses ne manquaient jamais chez les Belasko : l'argent et, plus important encore, la bonne chère et le bon vin. Un haut-le-cœur lui avait soulevé l'estomac. Bien que passionnée de cuisine, elle avait éprouvé du dégoût devant cette débauche de nourriture.

Les enfants s'étaient servis, avec parcimonie d'abord, mais les talents culinaires de Thérèse leur avaient ouvert l'appétit et la valse des plats avait repris. Mathieu avait débouché une bouteille. Le vin avait alors joué son rôle et désinhibé les esprits. L'épicurisme, comme toujours, était parvenu à effacer, l'espace d'un instant, le chagrin. Seule maman, le teint blafard et l'air absent, était restée en retrait, spectatrice – sans le savoir – de sa propre Cène.

Autour de la table, les ventres se remplissaient, les assiettes et les verres se vidaient. Contre toute attente, le repas devenait convivial. Le calme avant la tempête. Les discussions banales avaient rapidement tourné au vinaigre. Philippe et Mathieu avaient engagé les hostilités et chacune des phrases qu'ils prononçaient étaient entrecoupées de noms d'oiseaux. David avait essayé d'arbitrer leurs disputes. Sa réussite avait été toute relative. Les deux frères avaient mis de l'eau dans leur vin, mais leur querelle n'était qu'ajournée, comme en témoignaient les regards qu'ils se lançaient.

De son côté, Solène ne cessait de se plaindre du système social français. Le RSA n'avait pas connu l'augmentation promise par l'État et elle ne parvenait pas à obtenir de crédit bancaire pour s'acheter une nouvelle télévision. David avait proposé de lui prêter de l'argent. Elle avait accepté sans se faire prier, ce qui avait agacé Garance.

— Si, plutôt que d'emprunter de l'argent à droite et à gauche, tu bossais.

— Bosser ?

— Oui, tu sais, ce truc pour lequel on se lève tous les matins ?

— Je ne trouve pas de travail.

— Tu n'en trouves pas ou tu n'en cherches pas?
— Je t'emmerde, Garance.
— Ah ça, oui! Je te le confirme! Chaque mois, j'ai des retenues sur mon salaire pour que *madame* puisse se prélasser dans sa baignoire!
— Ce n'est pas parce que t'es mal dans ta peau qu'il faut en vouloir à la terre entière!
— Pauvre fille!
— Tu t'es vue? Jamais entendu quelqu'un d'aussi aigri. Au lieu de te casser les bras, les hommes qui t'ont agressée auraient dû te couper la langue.
— Et moi c'est ton cou que je vais tordre si tu ne fermes pas ta…
— Silence!
Stupéfaites, les filles s'étaient tues et tournées vers leur mère. Elle martelait la table en chêne du bout des ongles et semblait lutter pour réprimer sa colère. Sa lèvre inférieure tremblait, ses yeux étaient injectés de sang et son visage transpirait la consternation. Elle avait longuement fixé Garance avant de prononcer ces mots:
— Ne pense pas que tu vailles mieux que Solène. Ce n'est pas le cas.
Ce reproche, cuisant, était tombé sans prévenir. Garance avait hésité entre éclater en sanglots et hurler d'indignation. Elle s'était finalement levée, avait quitté la table sous les regards interdits et rejoint Thérèse en cuisine.
— Tu viens me prêter main forte, Garance?
— Si tu as besoin de moi, c'est avec plaisir!
— Retourne auprès de ta famille.
— Je préfère mille fois être avec toi plutôt qu'avec *eux*.
— Allons, Garance!
— J'insiste.
Thérèse l'avait observée puis, gênée, avait changé de sujet.
— Te rappelles-tu quand tu étais petite?
— Oh oui!

— Nous préparions de bons petits plats ensemble.

— Si je suis devenue cuisinière, c'est grâce à toi ! Tu m'as transmis ta passion, Thérèse.

— Tu n'es pas cuisinière, Garance ! Tu es cheffe ! Et une cheffe étoilée !

— Je ne le suis plus.

— Tu le redeviendras un jour.

— Peut-être.

— Philippe m'a dit que tu avais trouvé un poste dans un restaurant.

— Un restaurant ? Pas vraiment ! Plutôt une cantine fréquentée par des ouvriers affamés ! Pâtés en conserve, steaks et légumes surgelés. La créativité n'a pas sa place. Seules exigences : se fournir à moindre coût et servir à tour de bras. Je subis mon métier plus que je ne l'exerce.

— Et avec ton patron ? Il paraît que c'est compliqué…

— Je n'ai jamais vu quelqu'un d'aussi lunatique. Et, s'il a bu la veille, c'est encore pire.

— Tu ne seras jamais épanouie dans ce genre d'établissement. Tu es une femme indépendante qui doit mener sa propre affaire. Ta créativité culinaire doit pouvoir s'exprimer, Garance ! Tu es si talentueuse. Pourquoi ne pas essayer de rouvrir un restaurant ?

— Je n'en ai pas les moyens, Thérèse. Il me faudrait plusieurs centaines de milliers d'euros et je suis sur la paille. J'ai encore des dettes que j'éponge avec peine. Non… C'est impossible. Je vais devoir me contenter du statut de sous-fifre et éplucher les patates pendant un long moment encore.

Garance s'était mordu la langue. Trop tard. Sous ses yeux, Thérèse était en train de couper des pommes de terre et de disposer les rondelles dans un plat rectangulaire.

— Ce n'est pas ce que je voulais dire, Thérèse. J'ai beaucoup de respect pour ce que tu fais.

— Ne t'inquiète pas ! Aide-moi plutôt au dressage.

Elles avaient rempli six petits bols de ragoût de haricots et les avaient déposés sur les assiettes, à côté d'un morceau d'agneau.

— Des nouvelles d'Alice? avait demandé Garance pour rompre le malaise ambiant.

— Oui. Je l'ai vue la semaine dernière.

— Elle a trouvé du travail?

— Non. C'est un peu… compliqué…

— Pourquoi?

— Mme Belasko lui a taillé une sacrée réputation dans la vallée.

Une mauvaise *réputation* avait, aussi, ruiné la carrière de Garance. Elle savait à quel point il était difficile de se tirer d'une telle situation. Était-ce seulement possible? Non. Quand le mal était fait, il était irréparable.

Tout en se lavant les mains, Thérèse avait poursuivi.

— Tu sais, Garance, personne n'a envie d'embaucher une domestique qui a tenté de tuer son employeur.

— Tuer?

Sous le choc de cette révélation, Garance avait laissé échapper la cuillère en bois. Thérèse avait rougi avant de bégayer:

— Oui… Enfin… c'est ce que ta mère a crié sur tous les toits. Elle exagère toujours un peu…

Cet argument n'avait pas convaincu Garance, mais avait piqué sa curiosité.

— Pourquoi papa a-t-il licencié Alice?

— Elle était maladroite. Et tu connais ta mère. Une seule erreur et pouf! Tu prends la porte. Oublie ce que je viens de te dire, veux-tu? Apporte-moi les champignons, s'il te plaît.

Garance n'en avait pas su plus. Pensive, elle s'était dirigée vers le piano où une casserole remplie de morilles à la crème mijotait. Elle avait été estomaquée par la quantité préparée par Thérèse.

— Tu en as fait pour un régiment !

— Vous aimez tellement ça. Il n'y en a jamais assez !

— N'en mets pas trop dans les assiettes. En grande quantité, la morille est toxique.

Thérèse avait levé sur Garance un regard dubitatif.

— Tu en es sûre ?

— Sûre et certaine !

Malgré cette mise en garde, Thérèse avait commencé à recouvrir généreusement de morilles les pièces d'agneau. Garance avait dû la stopper.

— Assez ! Nous mangerons le reste demain.

— C'est moins bon réchauffé.

— Ça suffit, Thérèse.

La cuisinière n'avait pas pu cacher sa contrariété. Haussant les épaules, elle avait finalement placé quatre assiettes sur un plateau et s'était tournée vers Garance.

— Prends la tienne et celle de ta mère.

L'air pincé, Thérèse avait quitté la pièce.

Garance était restée seule quelques minutes. Elle avait imaginé la seconde de cuisine humiliée puis remerciée pour une maladresse. Un étrange sentiment avait alors submergé Garance, si malsain qu'elle s'était sentie honteuse. Oui, elle comprenait qu'Alice, humiliée, ait pu haïr Mme Belasko au point de vouloir la tuer.

5

Solène

Pour Solène, le souvenir de la mort de maman était lié à un son : l'appel au secours de David, hurlement déchirant dans le silence d'une nuit paisible. Terrifiée, elle avait bondi de son lit et s'était ruée dans le couloir où les lumières s'allumaient, où les portes s'ouvraient les unes après les autres. La Casa était tirée de son sommeil comme elle ne l'avait jamais été. Elle s'éveillait au beau milieu d'un atroce cauchemar.

Solène s'était précipitée jusqu'à la chambre parentale où elle avait découvert une scène qui la traumatiserait pour le restant de ses jours. David, à genoux sur le lit, prodiguait un massage cardiaque à sa mère inconsciente. Philippe, présent lui aussi, tournait comme un lion en cage. Les mains sur les joues, il secouait la tête en scandant une flopée incontrôlable de « non, non, non ». Solène s'était approchée de lui et, bêtement, lui avait demandé si tout allait bien. En état de choc, il avait ouvert son poing gauche et un pilulier vide avait glissé de sa paume pour atterrir sur le parquet dans un claquement sec. À cet instant, Garance était apparue dans l'encadrement de la porte. Le visage impassible, elle s'était figée sur le palier. Comprenait-elle le drame qui se jouait devant elle ?

Le dernier à les rejoindre avait été Mathieu. En caleçon, les cheveux ébouriffés, il avait bousculé Garance pour se jeter sur le lit, stoppant momentanément les efforts de David pour ranimer maman. Fou de rage, Mathieu jurait et frappait la poitrine de sa mère. Philippe était parvenu à le maîtriser et à le mettre à l'écart pour que David puisse reprendre ses gestes de premiers secours.

Thérèse, Marion et Patricia, alertées par les cris, avaient à leur tour rejoint la chambre. Toutes les trois s'étaient mises à pleurer.

Un ouragan émotionnel déferlait sur la Casa.

Reprenant ses esprits, Solène s'était emparée du téléphone fixe sur la table de nuit et avait composé le 15. L'ambulance était arrivée vingt minutes plus tard. Le décès de Mme Belasko avait été prononcé sur place.

Le flash-back se dissipa et Solène reprit pied avec la réalité. À présent, dans cette maison, ne restait plus que cinq frères et sœurs, et chacun cherchait dans ses souvenirs une preuve pour confirmer les soupçons avancés dans la lettre de leur père et identifier l'assassin.

Soudain, Mathieu s'agita sur sa chaise et, à la stupeur générale, relança le débat.

— Si je suis votre raisonnement, maman ne se serait pas suicidée mais on aurait empoisonné sa nourriture ?

— Exactement, répondit Philippe.

— Et d'après toi, Alice serait à l'origine de cet empoisonnement ?

— Pourquoi pas ?

— Comment aurait-elle fait ? Elle ne travaillait plus à la Casa !

Garance s'immisça dans la conversation.

— Thérèse s'en serait chargée pour elle…

— Thérèse ? répéta Mathieu en éclatant de rire. Personne n'est plus loyal qu'elle. C'est ridicule ! Tu délires, ma pauvre Garance ! Ou alors tu as trop bu.

— Trop bu ? Vous entendez ça ? L'alcoolo de service qui me reproche d'avoir trop bu ! Je rêve…

— J'ai peut-être bu, mais je ne tiens pas Thérèse pour responsable de la mort de notre mère ! Les jugements que vous portez sur elle sont graves ! Et surtout infondés !

— Voilà pourquoi il faut partager nos doutes avec des gens compétents, insista David. Une enquête doit être ouverte.

— Une enquête ? Durant laquelle les témoins seront interrogés ? Durant laquelle *nous* serons interrogés ? Que direz-vous ? Que vous avez des soupçons quant à la culpabilité de deux cuisinières qui n'ont rien à se reprocher ?

— Comment peux-tu en être aussi sûr, Mat ? On dirait que tu les protèges !

— Non. J'essaie juste de ne pas conduire deux innocentes devant les tribunaux à cause d'une putain de lettre rédigée par un légume paranoïaque ! Les heures passent, nous nous querellons sans relâche mais aucun de nous n'a d'arguments solides !

— Si ! Moi.

Tous les visages se tournèrent vers Solène.

Une preuve que leur mère ne s'était pas suicidée ? Oui, elle en avait une. Ce soir-là, elle avait eu une brève discussion avec son père et, avant aujourd'hui, n'avait pas prêté de sens à ce qu'ils s'étaient dit.

— Papa m'a parlé d'une promesse faite par maman. Et je peux vous assurer qu'elle ne reflétait pas l'état d'esprit d'une femme suicidaire.

Le silence s'abattit autour de la table. Tous attendaient la suite. Solène, non sans fierté, reprit son récit. Le soir du drame, à la fin du repas, elle était allée en cuisine et avait demandé à Thérèse de préparer un plateau. La cuisinière s'était exécutée. Solène s'était rendue dans la chambre de son père, avait frappé deux petits coups et était entrée. Lorsqu'il l'avait vue, il s'était redressé dans son lit avec difficulté.

— Solène !

— C'est l'heure du dîner !

— Je n'ai pas faim.

— Il faut te forcer.

— L'odeur de la nourriture me soulève l'estomac.

— Tu dois reprendre des forces. Ne baisse pas les bras, papa. Ce n'est pas ton genre.

Solène avait déposé le plateau sur la tablette de lit devant son père et s'était assise. Il avait détaillé l'assiette en grimaçant avant de planter sa fourchette dans un morceau de viande. Sans plaisir apparent, il l'avait portée à ses lèvres et s'était mis à mastiquer bruyamment. Solène, agacée par ces simagrées, s'était alors employée à lui donner la becquée. Malgré son dégoût, papa s'était laissé faire. Ce moment de simplicité et d'intimité avait ému Solène.

— Ce n'est pas mauvais, avait-il concédé.

— Ah ! Tu vois !

— On a l'air malins. Toi dans le rôle de la maman et moi dans le rôle du bébé. Tu n'as pas honte de ton père ? Un vieux cep flétri ?

— Avoir honte de toi ? Jamais !

Un sourire avait illuminé leur visage. Solène avait profité de ce tête-à-tête pour confier à papa ses inquiétudes au sujet de maman.

— Je me fais beaucoup de souci pour elle. Elle n'a que la peau sur les os et agit bizarrement. Comme si elle n'était pas avec nous. J'ai peur que…

— Elle est plus forte que tu le penses.

— Certes, mais n'oublie pas qu'elle est dépressive. Si tu avais vu le nombre de cachets qu'elle a avalé au cours du repas.

— Ça l'aide à maintenir le cap. Je la connais par cœur, Solène. Je sais quand elle va bien et quand elle va mal. Elle ne fera pas de bêtise, si c'est ce que tu crains.

Sceptique, Solène avait pourtant acquiescé. Papa, conscient de la perplexité de sa fille, avait tenu à la rassurer encore une fois :

— Ta mère a juré de m'accompagner jusqu'à la fin. Et crois-moi : elle tient toujours ses promesses.

Six mois plus tard, Solène se souvenait encore mot pour mot de cette conversation, mais aussi de ce qui était arrivé par la suite.

Elle regarda ses frères et sœurs qui l'écoutaient attentivement et poursuivit :

— Je m'inquiétais vraiment pour notre mère. Ce soir-là, lorsque je suis allée lui souhaiter une bonne nuit, je lui ai parlé de la promesse faite à papa. Je voulais m'assurer qu'elle était vraie. Elle l'était. Notre mère était terrorisée à l'idée de perdre l'homme qu'elle aimait. Elle m'a certifié que jamais elle ne l'abandonnerait. Qu'elle prendrait soin de lui jusqu'à son dernier soupir. Alors pourquoi ? Pourquoi, quelques heures plus tard, aurait-elle décidé de mettre fin à ses jours ?

6

Mathieu

Ces spéculations et ces bavardages lui devenaient insupportables. Mathieu avait été patient, mais, à présent, écouter ses frères et sœurs relevait du calvaire. Les hypothèses des uns, les supputations des autres l'exaspéraient. Sa migraine n'en était que plus douloureuse. Exténué, il arracha la lettre des mains de Philippe, prit son verre de vin, se leva et quitta la salle à manger. Dans le salon, il s'effondra sur le canapé Le Corbusier et tendit les jambes sur la table basse. Il sourit en imaginant son père le sermonner pour une telle attitude. *À ton âge, on ne fait plus ça !*

Mathieu regarda l'heure sur son téléphone portable et constata sans surprise qu'il n'y avait pas de réseau. Il aurait tant aimé appeler Laurence, son épouse. Se confier à elle lui aurait procuré du réconfort. Mais il était tard. Il balança son mobile sur un coussin et jeta un regard furtif en direction de ses frères et sœurs.

Ils avaient cessé toute discussion. Mathieu savoura ce silence tant espéré. Oui, comme prévu, les querelles s'étaient invitées au repas de ce soir, mais l'héritage n'en avait pas été la cause. Partie remise. Bientôt, le testament serait lu et la fratrie se déchirerait pour un morceau de rideau.

Mathieu détailla le salon et la salle à manger, une seule grande pièce en enfilade, avec l'intime conviction que vendre cette maison ne poserait aucun problème. Son architecture

– une belle leçon de modernité alliée à de l'ancien – séduirait sans doute un richissime homme d'affaires. Son originalité constituait aussi un atout : la Casa était unique et ne ressemblait en rien aux demeures construites en France au début du XXe siècle. Preuve la plus probante : elle ne disposait d'aucune fenêtre, mais comptait de nombreuses baies vitrées qui offraient un panorama à couper le souffle sur la vallée. Toute frontière entre l'intérieur et l'extérieur semblait abolie. La Casa n'était que grandeur et majesté. Mathieu, locataire d'une maison de cent mètres carrés, enviait la superficie des lieux, mais aussi le goût avec lequel ils avaient été conçus. L'usage de matériaux naturels – pierres du Gard, poutres et parquets en chêne massif – apportait une douce chaleur à l'ensemble de la pièce. Les teintes – du beige, du gris et du blanc – sélectionnées par papa lors des travaux de réhabilitation, conféraient à l'ensemble une atmosphère reposante. La décoration, épurée et minimaliste, avait été choisie par maman. Elle avait passé des heures chez les brocanteurs de la région pour meubler la Casa avec des pièces uniquement dessinées par des designers de renom : Charles Eames, Ludwig Mies van der Rohe ou encore Raymond Loewy. Aux murs, cette amatrice d'art avait accroché les peintures de ses artistes favoris. On pouvait identifier, entre autres, un Frank Stella dans le hall d'entrée et un monochrome blanc signé Robert Ryman dans le salon.

Après avoir admiré toutes ces œuvres à la valeur inestimable, Mathieu se tourna vers la cheminée massive et lut, sur le fronton, les mots suivants : *Truth is life. Good friend, around these hearth-stones speak no evil word of any creature.* Il y a longtemps, papa avait fait graver cette citation empruntée à l'architecte américain Frank Llyod Wright. Mathieu n'en connaissait pas le sens précis, mais se rappelait seulement son essence : ne jamais se montrer médisant. L'ironie de la situation le fit sourire. Médire ? Voilà un domaine dans lequel sa famille excellait.

Une nouvelle fois, il déplia la lettre de son père et la relut. Quelque chose le tourmentait. Un détail.

Lorsqu'il l'identifia enfin, Mathieu porta la main à sa poitrine et se promit de rester calme : maltraiter son cœur lui était déconseillé. Il avait d'ailleurs dû arrêter la boxe pour cette raison. Les médecins avaient été formels : s'il voulait profiter de sa retraite le jour venu, il devait changer de sport. Le cardiologue l'avait orienté vers la natation, recommandation qui avait beaucoup amusé Mathieu. Quel plaisir pouvait prendre un combattant comme lui à batifoler dans l'eau, un bonnet de bain ridicule sur la tête ? Aucun. Rien ne rivalisait avec la jouissance éprouvée sur un ring.

Incapable de raccrocher les gants, Mathieu se contentait donc de taper dans un sac, sans retrouver toutefois l'adrénaline procurée par le combat.

L'alcool – et d'autres travers auxquels il préférait ne pas penser – représentait aussi une menace pour son cœur fragile. Il avait appris à vivre avec cette épée de Damoclès au-dessus de la tête. Mais chaque fois que son rythme cardiaque s'emballait, Mathieu craignait le pire. C'était le cas à présent et il se sentit blêmir.

— Ça va, frangin ?

Mathieu releva la tête. Devant lui se tenait David, soucieux.

— Oui !

— Tu as mauvaise mine.

— Juste une migraine.

David hésita avant de tendre son index en direction du verre de vin vide posé sur l'accoudoir.

— Tu ne devrais pas boire. C'est mauvais pour ton cœur.

— Si je ne bois pas, je vais péter un câble.

David prit place sur le canapé. À son tour, il tendit les jambes sur la table basse et les deux frères échangèrent un sourire complice. Mathieu croisa les bras et, le regard dans le vague, demanda :

— Thérèse qui assassine notre mère ! On aura tout entendu ! Tu y crois, toi, à ces histoires ?

— Notre père avait des soupçons. Nous ne devons pas les sous-estimer.

— Tout le monde ne parle que de ce prétendu meurtre. Au point de ne plus voir le reste.

— Le reste ?

— Ça !

David lut les quelques lignes désignées par Mathieu sur la lettre.

« Ah mes chers enfants ! Comme je vous ai aimés !

Et j'ai aimé chacun des petits-enfants que vous m'avez donnés. Tous ! Sans exception ! Même Mathéo. »

— Quel est le problème ?

— N'y vois-tu pas d'ambiguïté ?

— Non.

— Pourquoi papa a-t-il précisé « Même Mathéo » ?

Une moue se dessina sur le visage de David. Lorsqu'il voulut prendre la parole, Mathieu l'en empêcha.

— Depuis la naissance de Mathéo, j'ai un pressentiment. Je l'ai toujours refoulé, mais il revient souvent me hanter. Et je crois que, ce soir, il va me falloir l'affronter.

Mathieu se força à rire avant de continuer :

— Mathéo a eu vingt-deux ans, reprit-il, mais je me souviens de sa venue au monde comme si c'était hier. J'avais roulé jusqu'à l'hôpital comme un fou. Flashé deux fois ! Lorsque je suis arrivé à la maternité, Mathéo était dans les bras de sa mère. Un vrai poupon. En voyant son minois, je me suis dit que ce bout de chou allait régler tous mes travers et qu'il ferait de moi un homme meilleur… J'aurais donné ma vie pour lui.

Les larmes se mirent à couler sur les joues de Mathieu. La vérité lui explosait à la figure. Elle était si cruelle qu'un court instant, il crut ne pas pouvoir la surmonter.

David, bouleversé par l'émoi de son frère, cherchait les mots pour le consoler.

— Ressaisis-toi, frangin !

Entre deux sanglots, Mathieu parvint enfin à formuler ce sentiment qui le torturait.

— Ce gosse, David. Ce n'est pas le mien.

— Qu'est-ce que tu racontes ? Mathéo te ressemble ! C'est ton fils !

Bien vite, la tristesse de Mathieu se transforma en colère. Puis en rage. Dans sa mémoire, dansa le souvenir du corps de son épouse contre celui de son frère. Vingt-trois ans auparavant.

— Non, David, dit-il en tendant l'index vers la salle à manger. Pour moi, l'homme dont il est le portrait craché : c'est lui !

7

Philippe

Il ne vit pas la bête s'approcher. Il ne devina pas sa présence dans son dos. Il ne l'entendit pas bondir derrière lui. Il sentit seulement son poids s'abattre sur ses épaules.

En moins de cinq secondes, Philippe fut saisi par le col de sa chemise et éjecté de sa chaise qui bascula et heurta le parquet dans un fracas sourd. Sur la table, les verres tintèrent et la bouteille de vin se renversa, auréolant la nappe blanche d'une tache purpurine. Garance et Solène, terrorisées par cette brutalité soudaine, se levèrent en criant. David marchait sur les traces de la bête, mais elle était plus rapide que lui. Elle empoigna Philippe et le plaqua contre une cloison. La violence du choc le fit tousser. Une douleur vive irradia l'arrière de son crâne. Quelque chose coula dans son cou. Au-dessus de sa tête, mille étoiles se lancèrent dans une valse endiablée. Il ouvrit lentement les yeux et la bête apparut devant lui, le visage déformé par la haine. Si personne ne l'arrêtait à temps, elle ne ferait qu'une bouchée de lui. Transpirante, haletante, elle le maintenait contre le mur avec une force colossale. Elle éructait en libérant une salve de postillons. L'écume de la rage moussait autour de ses lèvres.

— Je vais te tuer ! Tu m'entends ? Te tuer !

La bête exerça une pression en prononçant chacune de ces syllabes et souleva sa proie. Philippe comprit que ses pieds ne touchaient plus le sol. Il y eut une énième secousse, plus brutale que les autres. Un tableau sous cadre se décrocha et tomba. Le verre éclata en mille morceaux.

Les mains autour du cou de Philippe n'en finissaient plus de serrer et respirer convenablement devenait impossible. Bientôt, l'air lui manqua. Puisant dans ses dernières ressources, il hurla :

— Arrête !

Son injonction eut l'effet escompté. Ces quelques secondes de répit permirent à Philippe de gorger ses poumons d'oxygène. Il dévisagea la bête et, dans ce regard dur et froid, reconnut enfin son frère. Mathieu s'était métamorphosé. Des yeux rouges et exorbités, des narines dilatées et une bouche tordue par la colère. Il ressemblait à une caricature. Un personnage de dessin animé.

Philippe toussa et cracha sur son frère une giclée de sang. Mathieu leva le poing pour le lui coller dans la figure, mais David le neutralisa à temps et le força à reculer.

Débarrassé de son cadet, Philippe poussa un long soupir et rajusta sa chemise. Les filles n'en finissaient plus de hurler. Mathieu tentait d'échapper à David mais ce dernier ne ménageait pas ses efforts pour le retenir.

Constatant que la bête était domptée, Philippe osa une offensive verbale.

— Ça t'amuse d'attaquer les gens dans le dos ?

— Et toi ? Ça t'a amusé de faire un gamin à ma femme dans mon dos ?

Une vague de stupeur déferla sur la salle à manger. Mathieu, un sourire terrifiant sur les lèvres, se tourna vers David.

— À ta place, j'envisagerais des tests de paternité. Je suis prêt à parier que l'un de tes gamins n'est pas de toi, mais de cet abruti !

Garance, pâle, se posta devant Mathieu et, de sa voix la plus douce, essaya de l'apaiser.

— Calme-toi, Mat. Ce ne sont que… des spéculations. Comme celles que nous avons sur la mort de maman.

— Quand ce salaud de Philippe avouera, ce ne seront plus des spéculations.

— Je n'ai rien à avouer, Mathieu. Oui, j'ai eu une liaison avec Laurence. Oui, j'ai déconné. Mais nos rapports sexuels étaient protégés ! Tu crois vraiment que je lui aurais fait un gosse ? Et que nous t'aurions caché la vérité pendant vingt-deux ans ? Mais sur quelle planète vis-tu ?

La voix de Philippe se brisa sur cette phrase. Il mettait tout en œuvre pour faire transparaître son honnêteté, même si regagner la confiance de Mathieu lui semblait vain. Pourtant, contre toute attente, la bête cessa de se débattre et David décida de la libérer. Elle porta la main à son front pour essuyer la sueur qui y perlait et s'isola dans le salon.

Philippe profita de cette trêve pour reprendre définitivement ses esprits. Il se décolla du mur contre lequel on l'avait plaqué et fourra les mains dans ses poches à la recherche d'un mouchoir. Il épongea le sang qui coulait dans son cou et refusa que Solène appelle les secours. Du coin de l'œil, il surveillait Mathieu qui, pour l'instant, était hors d'état de nuire. Il se contentait de plier et plier encore la lettre et l'avait réduite à un petit carré. Philippe soupira, tiraillé entre le mépris et le désarroi. L'alcool avait des effets dévastateurs sur son frère ; un énorme bouton rouge capable d'activer sa violence. Si en plus la migraine s'invitait, il devenait ingérable.

— Il faut reconnaître que la phrase de papa est ambiguë.

Les mots de Solène firent l'effet d'une bombe. Philippe jeta à sa sœur un regard consterné. Mathieu avait été maîtrisé – non sans mal – et voilà qu'une idiote menaçait de relancer les hostilités.

Un silence équivoque suivit. Les mines se décomposèrent et personne n'osa rebondir sur les propos de Solène.

Le rouge monta aux joues de Mathieu et, une nouvelle fois, des spasmes lui secouèrent le corps. Ses hurlements fendirent l'air. La bête se réveillait.

Solène, consciente de sa maladresse, l'implora :

— Oublie ce que j'ai dit… Je… Je suis désolée.

Devant tant de lâcheté, la colère de Mathieu redoubla. Il se mit à souffler comme un bœuf et fit craquer ses phalanges avant de balancer son poing contre une cloison. Du sang gicla.

David, paniqué, agrippa le bras de son frère.

— Écoute-moi, Mat !

Mais la bête n'écouta pas. Elle se rua sur sa proie et la plaqua au sol. Le dos de Philippe heurta le parquet avec violence. Le choc lui coupa la respiration. Un premier coup de poing s'enfonça dans sa joue. D'autres déferlèrent, accompagnés d'une ribambelle de cris.

Philippe se sentit perdre connaissance. Un évanouissement qui, sans doute, minimiserait sa douleur, se dit-il. Mais, avant de sombrer, une nouvelle sommation le tira de sa torpeur. Les coups pleuvaient au-dessus de lui et il lui était impossible de les stopper. Lutter contre la bête était inutile. Elle était forte, entraînée, déchaînée, et bien décidée à finir ce qu'elle avait commencé vingt-trois ans auparavant. Rien ne l'arrêterait.

La douleur devint atroce. Insupportable.

Philippe étouffa. Un feu brûla son visage. Un goût de fer inonda sa bouche. Dans un ultime effort, il leva les paupières et devina le visage de Mathieu.

Puis celui de Mathéo.

Et le noir se fit.

Acte III

« Ne m'en voulez pas d'avoir aidé Mathieu.
Je pensais pouvoir le sauver.
Mais l'argent n'achète pas tout. »

Boire un café. Manger quelque chose. Se dégourdir les jambes. Souffler un peu.

Pour le capitaine Jouvry, marquer une pause devenait nécessaire. Il en proposa une, mais écopa d'un refus.

— J'aimerais poursuivre, lui répondit-on, et en finir le plus vite possible.

Dépité, Jouvry se leva et se mit à tourner en rond dans la chambre.

— Soit. Reprenons. Vous en étiez à…

— Une explosion de violence indescriptible. Surgie de nulle part. Tout est allé très vite, capitaine, mais je me souviens du moindre détail. Les cris. Les pleurs. Le sang. Cette nuit, le respect et la fraternité ont volé en éclats. Quant à l'amour… Ah, l'amour ! J'ai prié pour son retour, mais il est mort sous mes yeux. La rancune a eu raison du lien unissant deux frères. De cette amertume est née la colère. Elle a tout détruit sur son passage, ne laissant derrière elle qu'une terre brûlée où même le plus robuste des arbres ne pourrait repousser. Notre innocence était définitivement perdue. Nous n'étions plus des enfants. Nos bons sentiments avaient été remplacés par de vils péchés. L'envie. L'orgueil. Le mensonge. La jalousie.

Le capitaine opina en haussant les sourcils.

— Ah la jalousie ! La lie de notre société.

— Oh, oui ! Et je savais, bien avant les événements d'hier soir, que les êtres humains étaient capables du pire en son nom. J'en avais déjà eu la preuve étant enfant.

— De quoi parlez-vous ?
— D'une affaire classée sans suite. Vous trouverez certainement le dossier dans vos archives.
— De quelle affaire s'agit-il ?
— Est-ce nécessaire d'aborder ce sujet ?
— On ne sait jamais… Je vous écoute.
— Admettons. Vous devez tout d'abord savoir que mon père ne quittait jamais ses vignes. Par conséquent, il refusait de prendre des congés. Notre mère nous emmenait en vacances, mais notre souhait le plus cher était que papa se joigne à nous. Chaque été, nous insistions pour qu'il nous accompagne, mais il ne cédait pas. Le travail, toujours le travail. Un beau jour, à force de le supplier, nous avons réussi à le convaincre. Cette année est restée gravée dans ma mémoire. Août 1982. Maman avait loué une maison au bord de la mer. Pique-niques, baignades, jeux sur la plage. Nous avions passé cinq jours de rêve. Les vacances terminées, nous avons pris la route du retour. Lorsque nous sommes arrivés devant la Casa, la police nous attendait. Mes parents ont tout de suite compris qu'un drame s'était produit. Sans écouter ce qu'avaient à dire les officiers, ils se sont rués dans la maison en nous interdisant de les suivre, mais j'ai désobéi. La pièce de réception était sens dessus dessous. Une baie vitrée était cassée ; de la vaisselle jonchait le sol ; les placards et tiroirs avaient été ouverts. Les canapés du salon étaient éventrés et de nombreuses œuvres d'art avaient été vandalisées. Mais le pire était cette odeur pestilentielle qui infectait la maison, mélange d'excréments et de viande pourrie. Sur le parquet de la salle à manger reposaient cinq cadavres de chats éventrés. Les intestins des pauvres bêtes avaient été déroulés puis noués les uns aux autres pour former un cercle.

Mon père et moi sommes restés sans voix. Ma mère est tombée à genoux devant l'atrocité de la scène. Elle a serré une toile de Miró contre son cœur et a proféré des menaces à l'encontre des criminels. Mes frères et sœurs nous ont rejoints et nous avons tous pleuré dans une cacophonie assourdissante. Seul mon père, pétri de haine, a gardé le silence.

Soudain, je l'ai vu se précipiter à l'extérieur et lui ai emboîté le pas. Il a couru jusqu'au domaine viticole et s'est lancé dans l'examen de chaque mètre carré. Je l'ai imité.

— Regarde, papa ! Là ! Des arcs-en-ciel.

Il s'est approché, a caressé la terre et senti ses doigts.

Les vignes avaient été aspergées d'essence.

Les domestiques – en repos pendant nos vacances – ont été appelés en renfort et se sont activés pour nettoyer le salon et la salle à manger. Ma mère a listé dans un carnet les meubles et les œuvres d'art dégradés. Mon père a vérifié le contenu de ses coffres-forts. Pas un billet n'avait été volé. Le constat était troublant : les hommes qui s'étaient introduits chez nous n'avaient rien volé. Leur unique but était de saccager la Casa et de nous terroriser. Les policiers avaient assuré que de telles pratiques étaient courantes dans la vallée. Avant d'ajouter : « Les autochtones n'aiment pas les *étrangers*. Encore moins ceux à qui la réussite sourit. »

— Comment votre père a-t-il réagi ?

— Cet épisode l'a anéanti. Il a même envisagé d'abandonner son activité. Mais il s'est remis en selle. Comme toujours.

— Et les vignes ?

— Des ouvriers ont remplacé la terre de la parcelle vandalisée et changé les pieds abîmés. Un investissement substantiel.

— Les coupables ont-ils été démasqués ?

— Jamais.

L'air soucieux, le capitaine s'effondra sur sa chaise.

— Une chose me chiffonne, dit-il enfin. Comment des hommes ont-ils pu s'introduire chez vous ? Je croyais que la sécurité était maximale.

— À l'époque, la maison ne disposait pas d'un système aussi sophistiqué. Et, bien que l'alarme se soit mise en route dès l'intrusion signalée, les criminels ont disposé du temps nécessaire pour commettre leurs méfaits. C'est après cet incident que mon père a renforcé la sécurité de la Casa et souscrit un contrat auprès d'un organisme privé de surveillance : Stela. L'entreprise a placé des caméras sur tout le domaine et dans les pièces de réception ; elle a aussi installé une ligne téléphonique directe permettant de contacter ses services en cas de besoin. Les baies vitrées ont été dotées de verres incassables et d'un système de verrouillage unique. Tout comme les portes. Par ce dispositif, mon père engageait le début d'un long combat contre « les autres ». Contre cette jalousie que je venais de côtoyer pour la première fois de mon existence. Sournoise. Violente. Indomptable. Aussi dévastatrice que la rancune. Aussi redoutable que la colère. Le saccage de la Casa m'avait appris que la jalousie était capable de salir, de casser, de détruire. Et la nuit dernière, capitaine, j'ai compris qu'elle était capable de pire.

1

Mathieu

Le jeune Philippe, assis sur son lit, sursauta lorsque Mathieu entra en trombe dans sa chambre. Il posa la bande dessinée qu'il était en train de lire et lança à son frère un regard noir :

— On ne t'a pas appris à frapper aux portes ?

— Je m'ennuie, Phil.

— Tu entends ce que je dis ?

— Ça va ! J'ai compris !

— Tu as fini tes devoirs de vacances avec Emma ?

— Oui !

— Alors va faire du vélo !

— Tu m'accompagnes ?

— Pourquoi ? Tu as besoin que je te tienne la main ?

— Maman ne veut plus que je fasse du vélo tout seul.

— Faux. Elle te demande seulement de ne pas t'éloigner du domaine. Maintenant laisse-moi tranquille !

Mathieu bascula d'avant en arrière en marmonnant. Les yeux humides, il fronça les sourcils et observa longuement son aîné. Ce regard de chien battu – qu'il maîtrisait à la perfection – pouvait attendrir n'importe qui.

Je veux jouer avec toi, murmura-t-il.

La réponse de Philippe se fit attendre. Mathieu se jeta à plat ventre sur le lit, joignit les mains en signe de prière et supplia son frère :

— S'il te plaît !

— Bon, d'accord !

Un large sourire illumina le visage de Mathieu, qui se mit à cavaler dans la chambre en imitant le gorille.

— À quoi veux-tu jouer, Mat ?

— À la boxe !

— Sûrement pas !

— Allez !

— Pourquoi veux-tu toujours te battre ?

— Parce que c'est trop cool !

— Cool pour toi. Pas pour celui qui se fait défigurer.

— Je ferai attention cette fois. Promis !

Se battre n'enchantait guère Philippe. La dernière fois, Mathieu lui avait – par mégarde – cassé une dent. La colère de leur mère avait été fulgurante. Elle les avait sévèrement punis et leur avait interdit de se bagarrer. Si, pour Mathieu, l'amour de la boxe était plus fort que toutes les punitions, pour Philippe, désobéir à l'autorité parentale était inconcevable. Aussi, le convaincre s'avérait de plus en plus difficile. Une seule option s'offrit à Mathieu : le chantage.

— Je n'ai rien dit à papa pour le soupirail. Tu me dois bien ça.

En entendant ces mots, Philippe frémit. Ses frères et sœurs avaient promis de garder le secret, mais, si l'un d'eux révélait qu'il était l'instigateur de l'expédition sur le chemin à flanc de falaise, la sentence de papa serait terrible.

— Bon d'accord, soupira-t-il. Je veux bien jouer à la boxe. Mais dix minutes, pas plus !

Mathieu, fou de joie, entraîna son frère dehors.

— Pas de coups bas, exigea Philippe en lui tendant la main.

Mathieu la serra vigoureusement et en profita pour faire tomber son frère. Les deux garçons chutèrent sur la terre battue et des nuages de poussière s'élevèrent autour d'eux.

En quelques secondes, Mathieu prit le dessus et une intense satisfaction infiltra chaque parcelle de son être. Voir Philippe au sol, soumis et apeuré, lui procurait un plaisir coupable. La boxe annihilait toute hiérarchie. Et, sans leurs parents pour défendre le chouchou, les deux frères étaient sur un pied d'égalité.

Les premiers coups déferlèrent sur Philippe qui hoqueta. Il essaya de se défendre. Sans succès. Très vite, il ne pensa plus qu'à protéger son visage. Mathieu éclata de rire devant tant de résignation. Oui, sa force était supérieure à celle de son aîné de trois ans. Sa détermination aussi. Il la sentait battre dans ses muscles, dans ses veines, dans son cœur. Seule sa technique du combat était perfectible, mais son père refusait de l'inscrire dans un club de boxe. « Un sport de sauvages », assurait-il avec mépris. Le jeune garçon rêvait d'atteindre sa majorité pour enfin prendre des cours avec un professionnel. En attendant ce jour, il travaillait ses uppercuts grâce aux revues spécialisées qu'il volait à la maison de la presse et aux retransmissions télévisées qu'il regardait en cachette.

Mathieu, déchaîné, n'en finissait plus de frapper un adversaire toujours plus soumis. La chaleur brûlait son visage, la sueur coulait dans son dos, les articulations de ses doigts devenaient douloureuses, mais il s'en fichait. Se battre enrayait toute fatigue, toute souffrance, et lui offrait une jouissance totale. Un sentiment de liberté.

Soudain, une ombre gigantesque assombrit les terres du domaine. Mathieu leva le nez. Le soleil avait disparu et de gros nuages noirs, lancés dans une course folle, s'accumulaient dans le ciel. La lumière déclina peu à peu jusqu'à plonger les deux garçons dans l'obscurité. À tâtons, Mathieu chercha Philippe et devina son corps sous ses mains. Il caressa le front et les joues de son frère et tenta de distinguer les contours de son visage dans la pénombre.

Une explosion suivit.

Mathieu fut ébloui.

Instinctivement, il ferma les yeux.

Lorsqu'il les rouvrit – doucement pour leur laisser le temps de s'accoutumer –, Philippe apparut devant lui. Mais il avait changé. Des pattes d'oie creusaient des sillons autour de ses yeux, une barbe couvrait ses joues, des rides striaient son front. Il n'était plus un gamin.

Mathieu tendit les mains devant lui. Elles étaient couvertes de sang. Des fourmis lui chatouillaient les doigts et son majeur gauche le faisait atrocement souffrir. Il l'examina et comprit qu'il était tordu. Sans réfléchir une seconde, il le remit dans le bon axe. L'os craqua et une électrocution se propagea dans le bras de Mathieu. Effroyable. Il allait perdre connaissance, mais des cris l'en empêchèrent. Il se retourna et vit David, prostré contre un mur, ses sœurs blotties contre lui. Tous les trois étaient tétanisés. Mathieu baissa les yeux et découvrit qu'il était assis à cheval sur un corps. Qui était cet homme ?

Il tressaillit.

Sous ce masque terrifiant se cachait Philippe. Des hématomes gonflaient ses pommettes. Ses joues étaient striées d'entailles d'où le sang jaillissait abondamment. Sa lèvre supérieure était fendue. Sa langue, enflée, pendait mollement sur le côté. Un œil était révulsé, l'autre avait triplé de volume. Deux dents sanguinolentes avaient bondi hors de la mâchoire ; une molaire était fossilisée dans la joue gauche. Mais le pire était ce trou en lieu et place du nez. Sous le poids des coups, le cartilage s'était enfoncé. Philippe était méconnaissable derrière ce visage tuméfié.

Prenant la mesure de l'acte qu'il venait de commettre, Mathieu glissa sur le parquet, se coucha sur le côté et rassembla ses genoux sur sa poitrine. Les douleurs qu'il éprouvait étaient innombrables.

Dormir.

Voilà ce qu'il lui fallait.

Il pourrait alors se réveiller de cet atroce cauchemar et retrouver Philippe et leurs jeux d'enfants.

Comme avant.

2

David

Le sang coulait sans discontinuer du visage de Philippe. À l'arrière de son crâne, un flux régulier alimentait une petite flaque rouge. Des ruisseaux pourpres y prenaient naissance, qui cascadaient ensuite entre les lattes du parquet. L'hémorragie était fougueuse. Indomptable.

À genoux, penché au-dessus de son frère, David se demandait quels soins d'urgence lui apporter. En quoi la formation de secouriste reçue dix ans plus tôt pouvait-elle bien lui servir ? Basculer le corps sur le côté ? Exercer une pression sur les plaies béantes ? Prodiguer un massage cardiaque ? Incapable de prendre une décision, David sentit la détresse l'envahir. Il se contenta de poser les mains sur le torse de son frère et espéra un sursaut de vie, aussi imperceptible fût-il. À sa grande surprise, il y en eut un. Troublé, David chercha le pouls de Philippe, ne quitta plus des yeux sa montre et se mit à compter. Les pulsations du cœur étaient encore là. Lentes, timides, lointaines.

Il fallait agir. Vite.

David se redressa et sollicita l'aide des siens. Garance et Solène, dans les bras l'une de l'autre, ne quittaient pas Mathieu du regard. Leur priorité : surveiller les faits et gestes de cette brute. La bête avait attaqué une fois. Elle pouvait recommencer à tout moment. Pourtant, couché sur le parquet, recroquevillé sur lui-même, Mathieu semblait plus vulnérable que jamais. Sa respiration était saccadée et de petits soubresauts agitaient sa poitrine.

Le désespoir gagna David. Il était seul face au corps inanimé de Philippe. Autour de lui, les murs tanguèrent et les lumières virevoltèrent. Respirer devint difficile. Céder à la panique était tentant, mais il le refusa. Il fallait se ressaisir. S'il n'agissait pas pour sauver Philippe, personne ne s'en chargerait.

David plongea la main dans la poche de son pantalon et en tira son téléphone portable. Avec fièvre, il composa le 15, mais seul le silence lui répondit. Il regarda l'écran et comprit que, dans la précipitation, il avait oublié qu'aucun réseau ne couvrait le domaine. Fou de rage, il jeta son mobile – qui explosa sous le choc – et s'élança dans le salon. Sur le buffet reposait le téléphone fixe. David appuya sur les chiffres 1 et 5 et, combiné contre l'oreille, retourna auprès de Philippe. Avec dégoût, il plongea dans l'horreur de ce visage défiguré par la violence. Il n'avait jamais rien vu de tel. Une nausée lui souleva l'estomac. La transpiration coulait sur ses tempes. L'ambulance arriverait-elle à temps pour sauver Philippe ?

Reprenant ses esprits, David réalisa qu'aucune tonalité ne se faisait entendre. Interdit, il raccrocha et recomposa le numéro. Toujours rien. Il essaya le 18. Aucun de ses appels n'aboutissait. Il s'interrogea. La ligne fixe avait-elle été suspendue ? Paul avait-il résilié l'abonnement Télécom ? Si oui, pourquoi s'en était-il occupé aussi rapidement ?

Une nouvelle fois, David s'agenouilla et prit le pouls de son frère. Le rythme cardiaque était devenu plus lent et la rivière de sang sous le crâne de Philippe n'en finissait plus de s'étendre.

David jura. Son impuissance le rendait fou.

Il pivota vers Mathieu qui eut un mouvement de recul et rampa comme un animal apeuré. David lui ordonna de se calmer et le força à se relever en le tenant par les épaules.

— J'ai besoin de toi, Mat. La ligne a été suspendue. Impossible de contacter les secours. Prends ta voiture et descends dans la vallée demander de l'aide. Je reste au chevet de Philippe. Si nous n'agissons pas rapidement, il risque de succomber à ses blessures. Tu comprends ?

— Oui, David.

Docile mais hagard, Mathieu tituba jusqu'à son sac et chercha ses clés de voiture. Il les trouva enfin, les brandit au-dessus de sa tête, mais sa main tremblait tellement qu'elles lui échappèrent. Il se baissa pour les ramasser et perdit l'équilibre. Face à cette scène d'un pathétique déconcertant, Garance – comme réveillée de son aphasie – bondit derrière lui et s'exclama :

— Tu n'es pas en état de conduire jusqu'à la vallée. J'y vais !

Mathieu ne riposta pas. David acquiesça et emboîta le pas de sa sœur qui se hâtait déjà dans le hall d'entrée. Elle allait sortir lorsqu'il l'attira contre lui et la serra de toutes ses forces.

— Sois prudente !

Il l'embrassa tendrement et la libéra de son étreinte. Sa sœur lui adressa un sourire timide, puis agita sa carte magnétique devant le tableau de commande. Mais la porte ne se déverrouilla pas. Garance réessaya plusieurs fois, en orientant son passe différemment, sans plus de succès. Elle ouvrit alors le boîtier et tapa le code de secours sur le clavier. Le voyant resta désespérément rouge.

Circonspecte, elle regarda son frère plonger la main dans la poche de son pantalon pour en extraire son propre passe. Sans conviction, il l'agita devant le capteur mais rien ne se produisit. David se précipita alors vers la porte de derrière pour la déverrouiller. Bloquée. Il composa les codes de secours sur les tableaux de commande des baies vitrées, mais elles restèrent, elles aussi, fermées. Il s'élança au premier étage mais, là non plus, il n'identifia aucune issue possible.

Il dévala l'escalier et, terrifié, balaya la pièce de réception du regard.

Était-il possible de sortir de cette maison ?

Non.

La Casa était devenue une forteresse. Dans laquelle personne ne pouvait entrer. De laquelle personne ne pouvait sortir.

3

Garance

Le tableau qui s'offrait à Garance était traumatisant. Philippe, inconscient, baignait dans une flaque de sang. Mathieu, recroquevillé, gémissait. Solène, effondrée sur le parquet de la salle à manger, était paralysée par la peur. Quant à David, il se démenait comme un diable, bondissant de pièce en pièce pour trouver une issue vers l'extérieur. Mais ses efforts demeuraient vains.

La détresse qui s'abattait sur la Casa était digne d'un cauchemar.

Tout ceci n'était qu'un mauvais rêve dont Garance allait se réveiller, elle en était persuadée. Quelqu'un allait la tirer de son sommeil d'une seconde à l'autre et elle rejoindrait enfin la réalité.

Mais ce moment n'arriva pas.

Combien de temps leur restait-il pour venir en aide à Philippe ? Leur frère mourrait-il ici, cette nuit ?

Prise de panique, elle retourna dans le hall d'entrée, frotta vigoureusement sa carte magnétique sur son jean et l'agita une énième fois devant le capteur. Sans effet.

Elle allait réessayer lorsque David posa une main sur son épaule.

— C'est inutile, Garance. Nos passes ne fonctionnent plus.

— Mais pourquoi ? Une défaillance système ?

Son frère fronça les sourcils et hésita avant de formuler ses doutes :

— Non. Une reprogrammation des panneaux de commande.

— Quelqu'un aurait modifié les accès sans mettre à jour nos cartes et sans nous informer des changements de codes ?

— Oui.

— Qu'est-ce que ça signifie ?

— Que nous sommes retenus prisonniers dans cette maison.

— Il existe forcément un moyen de sortir ! Ne pourrait-on pas briser une vitre ?

— Les verres sont incassables, Garance. Papa nous a suffisamment soûlé avec cette technologie anti-effraction. Et même si nous parvenions à fracasser une baie vitrée, les volets roulants nous empêcheraient de sortir.

— Ça ne coûte rien d'essayer.

Une masse ou une hache auraient été les bienvenues, mais les outils étaient entreposés dans la cave, et la maison ne disposait pas d'un accès intérieur pour s'y rendre.

David jeta son dévolu sur le tas de bois stocké sous la cheminée. Il choisit la plus grosse bûche et frappa une vitre de toutes ses forces. Elle trembla sous le choc, se déforma, mais ne se fissura pas.

Tout en observant son frère livrer cette bataille sans merci, Garance plongea la main dans la poche de son pantalon et palpa sa carte magnétique. Pourquoi les badges n'étaient-ils plus reconnus par les tableaux de commande ? Pourquoi les codes de secours avaient-ils été changés ? Qui était l'auteur de ces modifications ? La même personne qui avait suspendu la ligne téléphonique ?

Soudain, Garance étouffa un cri de satisfaction et se précipita vers la desserte en marbre où trônait le téléphone rouge. Cette ligne directe entre la Casa et le service de sécurité privé pouvait apporter la solution à tous leurs problèmes. Elle s'empara du combiné et son design lui arracha un sourire : un vrai jouet pour enfant aux formes simples et arrondies. L'appareil ne disposait que de deux touches : l'une avec une flèche rouge, l'autre avec une flèche verte. De l'index, Garance enfonça cette dernière et attendit.

Pas de tonalité.

Elle appuya une nouvelle fois sur la flèche verte. Toujours rien.

En jurant, elle écrasa de ses pouces les deux boutons et se figea lorsqu'un message se fit entendre.

Votre contrat a été suspendu jeudi 20 juin 2019.

Pour découvrir nos offres, composez le 0 810…

Furieuse, Garance lança le téléphone à travers la pièce et se rua dans le hall où David s'escrimait à démonter le tableau de commande de la porte.

— Le téléphone rouge, dit-elle à bout de souffle.

Son frère ne lui laissa pas le temps de poursuivre :

— Tu nous sauves la vie, Garance !

— Non ! Désolée pour cette fausse joie ! L'abonnement a été suspendu.

— Quand ?

— Jeudi. Deux jours après la mort de papa.

— Qui a fait ça ?

— Je n'en ai aucune idée, David. Mais je suis sûre d'une chose : celui ou celle qui s'en est chargé voulait nous retenir prisonniers, ici, et nous couper du monde extérieur.

Impuissante, Garance alla s'asseoir près de Philippe et, d'une main tremblante, lui caressa le front. Durant quelques secondes, l'image de la biche et de son museau broyé revint la hanter. Elle chassa ce souvenir et posa la tête contre le torse de son frère. Les timides mouvements de sa cage thoracique la bercèrent. L'aîné de la fratrie s'accrochait à la vie avec courage.

L'idée de le perdre terrorisait Garance et éveilla en elle un insupportable sentiment d'injustice. Il lui fallait un coupable.

Qui ?
Mathieu ?
Oui ! Mais, il n'était pas le seul…
Quelqu'un d'autre avait sa part de responsabilité.
Garance pivota vers David qui s'agenouillait près d'elle.
— Si nous sommes piégés ici, c'est à cause de notre père. Et si notre frère succombe à ses blessures, ce sera aussi par sa faute. S'il n'avait pas été aussi paranoïaque, nous n'aurions pas eu à agiter une stupide carte devant un capteur ou à taper un putain de code sur un clavier. Nous aurions tourné une clé dans la serrure et aurions été libres de nos mouvements !
Une voix s'éleva. David et Garance se retournèrent. Mathieu se tenait debout, derrière eux, le teint blême. Il semblait avoir vieilli de plusieurs années. Il se pencha, effleura la joue de Philippe du bout des doigts et prononça quelques mots, quasiment inaudibles, que David lui demanda de répéter.
— Si notre frère succombe à ses blessures, ce sera entièrement ma faute, dit-il en haussant la voix. Ne blâme pas notre père, Garance. Il n'a rien à se reprocher.
Puis il baissa les yeux avant d'ajouter :
— Au contraire. Il aura tout fait pour éviter ça.

4

Mathieu

Philippe, inanimé, le visage tuméfié : voilà une scène que Mathieu avait imaginée dans ses rêves les plus fous, espérant secrètement qu'elle devienne réalité.

Ce jour venait d'arriver et, pourtant, il n'en tirait aucune jouissance. Seuls les regrets le rongeaient et cette question, qui ne cessait de l'obséder : comment avait-il pu céder à une telle colère ? La réponse se trouvait dans les blessures de Philippe, mélange visqueux de chair, d'os et de sang : Mathieu avait détesté son frère au point de vouloir le tuer. Durant vingt-trois ans, il avait réprimé cette envie. Il avait accepté les excuses de son épouse et évité Philippe comme le plus contagieux des virus. Maintenir sa rancune en cage avait été un combat de chaque instant. Mais aujourd'hui, elle s'était échappée. Libérée, survoltée, elle avait choisi de satisfaire les plus basses pulsions de Mathieu, et il n'avait pas pu la retenir.

La rancune est la plus dévastatrice des tempêtes, disait papa. *Elle désunit les frères et les sœurs. Elle détruit les familles.*

Certes.

Mais elle n'était pas l'unique responsable du chaos qui, ce soir, avait fait rage, Mathieu le savait bien. D'autres facteurs étaient entrés en jeu. Et ils étaient nombreux.

Anéanti, écrasé par le poids des remords, il bascula en arrière et s'assit en tailleur sur le parquet.

— Papa avait raison, murmura-t-il.

— Pourquoi prends-tu sa défense ? s'insurgea Garance. Tu le détestais !

— Lui et moi avions des différends, c'est indiscutable. Mais ça ne m'empêche pas de reconnaître qu'il a tout fait pour nous aider.

— Nous aider ? S'il n'avait pas été aussi paranoïaque, nous n'en serions pas là. Nous aurions pu contacter les secours et sortir facilement de cette baraque !

— Je ne peux pas te laisser dire du mal de notre père, Garance. Il n'était pas parfait, il avait ses défauts, mais c'était un homme bon. Si je l'avais écouté…

— À quel sujet ?

Mathieu, embarrassé, hésita avant de répondre :

— Au sujet d'une cure.

David et Garance ne purent cacher leur stupeur.

— Une cure de désintoxication ? se risqua David.

— Oui.

— Pour l'alcool ?

— Et la cocaïne. Bien qu'on ne puisse pas parler de dépendance pour cette dernière. Mais elle procure un tel sentiment de puissance qu'une fois connu, il est impossible de s'en passer.

Oui : la drogue lui permettait de se sentir mieux. Mais elle n'était pas exempte de dommages collatéraux. Mathieu en avait eu la preuve cinq ans auparavant, lorsque son épouse avait menacé de le quitter. Et en se rappelant ce triste épisode, il sentit les convulsions dans sa poitrine reprendre de plus belle.

Ce matin-là, il s'était réveillé aux aurores. Il avait bu son café debout, dans la cuisine, en regardant le soleil se lever, puis s'était rendu dans la salle de bains. Persuadé qu'à cette heure matinale toute la famille était encore endormie, Mathieu avait commis une erreur : il n'avait pas mis le verrou et s'était contenté de refermer la porte derrière lui.

Sur la pointe des pieds, il s'était dirigé vers le meuble sous le lavabo. Première étape : le vider. Avec délicatesse, Mathieu avait déposé les flacons sur le carrelage en se demandant si, à l'avenir, il ne devrait pas choisir une planque plus accessible.

Une fois le placard débarrassé de ses produits inutiles, Mathieu avait tendu le bras à l'intérieur jusqu'à atteindre une planche en mélaminé. Du bout des doigts, il l'avait fait osciller de gauche à droite pour qu'elle bascule sur le côté et libère l'accès à un interstice de quelques centimètres entre le meuble et la cloison. Mathieu y avait glissé la main et trouvé une petite boîte d'allumettes. Au comble de l'excitation, il s'en était emparé et l'avait ouverte. Elle contenait sept petits sachets.

Fébrile, il en avait descellé un. Sur le rebord de la baignoire, il avait déposé un peu de poudre blanche, l'avait hachée à l'aide d'une lame de rasoir, avant de former une ligne fine et régulière. Il l'avait admirée, grisé par l'euphorie qui se profilait. Puis, après avoir pris une profonde inspiration, il s'était penché au-dessus du rail et l'avait inspiré avec la narine gauche tout en maintenant son index sur la droite.

Des picotements avaient chatouillé sa cloison nasale et une brûlure avait enflammé ses yeux. Son rythme cardiaque s'était emballé. Mathieu avait retenu un hurlement de satisfaction et s'était redressé en bombant le torse. Le risque d'infarctus était maximal, mais le plaisir trop grand pour se soucier d'un quelconque accident cardiaque. La drogue réglait tous les problèmes. Grâce à elle, Mathieu oubliait les railleries au boulot, les difficultés scolaires de sa fille, l'infidélité de son épouse, la trahison de son frère. La cocaïne était le meilleur des remèdes contre les autres. Et contre la laideur de la société.

Une puissante tornade avait ensuite déferlé sur Mathieu. Il s'était senti inébranlable. Invulnérable. Immortel. Il avait admiré son reflet dans le miroir. L'homme en face de lui était beau, fort, intelligent. Un alter ego indispensable.

Mais dans ce reflet, Mathieu avait aussi deviné une présence. Une ombre. Une silhouette. Le temps qu'il se retourne, elle s'était évanouie. L'avait-on surpris pendant qu'il sniffait sa ligne ?

Paniqué, il s'était rué dans le couloir.

Personne.

Il avait tendu l'oreille et lui étaient parvenus, de la chambre parentale, des chuchotements étouffés. Mathieu s'était approché et avait découvert, dans l'encadrement de la porte, les visages terrifiés de Laurence et Lucas.

— Tu as recommencé ? avait demandé son épouse d'une voix tremblante.

Mathieu pouvait-il mentir ? Non : impossible de nier. Son fils de onze ans venait de le prendre la main dans le sac.

— C'était la dernière fois, Laurence.

— La dernière fois ? Tu n'as que ces mots à la bouche ! Tu promets d'arrêter, mais tu recommences. Toujours !

— Ce n'était qu'un rail.

— Qu'*un* rail ?

— Oui. Un seul. Il n'y a rien de mal à ça. J'ai une réunion importante aujourd'hui. Je serai plus à l'aise. Plus performant. Après, c'est terminé. Ne t'inquiète pas.

Face à l'inconscience de son époux, Laurence avait perdu son calme et s'était mise à hurler. Derrière elle, Lucas, la mâchoire crispée et les muscles tendus, semblait se tenir prêt à bondir sur son père.

— Tu m'avais promis d'arrêter !

— J'avais besoin d'un coup de fouet.

— Cette merde est dévastatrice, Mat. Dévastatrice ! Elle te met en danger. Elle *nous* met en danger !

Mathieu, déconfit, avait attiré son épouse contre lui, mais elle l'avait repoussé avant de quitter la chambre en pleurs. Dans le salon, elle s'était jetée sur son téléphone portable.

— Que fais-tu, Laurence ?

— Je préviens les flics !

Mathieu lui avait saisi le poignet.

— Je te l'interdis !

— Vraiment ? Alors je m'en vais et j'emmène les enfants. Je refuse qu'ils voient leur père sniffer de la coke sur le rebord de la baignoire à 6 heures du matin. Je t'ai donné de multiples chances de te racheter. J'ai cru en toi. En nous. C'est fini à présent ! Terminé !

Après des heures de palabres, Mathieu avait réussi à convaincre Laurence de rester. Il s'était engagé à ne plus se droguer. Avait-il honoré ses promesses ? Oui et non. Depuis cette dispute, sa relation avec la cocaïne s'apparentait au mouvement d'un yoyo : il tenait bon quelques jours et, au premier coup dur, replongeait. Ce qui était d'ailleurs arrivé cette semaine. Mathieu, lourdement affecté par la mort de son père, avait ressorti ses sachets de poudre blanche.

— Nos parents étaient-ils au courant de tes problèmes d'addiction ? demanda David ébranlé par ces révélations.

— Ils l'ont su l'année dernière. À cette époque, ma consommation de coke était telle que je me suis endetté. Nos économies sont parties en fumée et Laurence a de nouveau menacé de me quitter. J'étais persuadé qu'elle changerait d'avis. Comme d'habitude. Mais quand j'ai reçu la lettre de son avocat, j'ai compris que c'était la fin ! J'ai supplié mon épouse et elle m'a assuré que, si je parvenais à rembourser nos dettes, elle retirerait sa demande de divorce. J'ai appelé papa pour l'informer de la situation. Je vous laisse imaginer le savon qu'il m'a passé. J'ai sollicité son aide, mais il a refusé et m'a raccroché au nez.

David se décomposa.

— Tu aurais dû me parler de tes problèmes d'argent. Nous aurions trouvé une solution…

— Je n'ai pas osé, David. Ce soir-là, je me suis senti seul. Abandonné. Tellement désespéré que j'ai sniffé l'intégralité du dernier sachet de coke dont je disposais. Overdose.

Infarctus. J'ai failli ne jamais me réveiller. Quelques heures après mon admission aux urgences, nos parents sont venus me rendre visite. Laurence les avait prévenus. Ils sont restés toute la nuit à mon chevet. Le lendemain, lorsque j'ai repris connaissance, ils m'ont serré dans leurs bras. Je n'oublierai jamais ce moment. Ils ont accepté mes excuses en échange d'une cure de désintoxication. Je l'ai effectuée. Je pensais que tout ceci était derrière moi, mais cette année, en janvier, après la mort de notre mère, j'ai replongé.

Si David buvait les paroles de son frère, Garance peinait, pour sa part, à contenir son agacement. Quant à Solène, elle était sortie de sa torpeur et s'était approchée du petit groupe, en silence. Ses mains trituraient la lettre de papa. Elle la déplia d'un geste vif et, avec un sourire narquois, lut les mots suivants: *« Ne m'en voulez pas d'avoir aidé Mathieu. Je pensais pouvoir le sauver. Mais l'argent n'achète pas tout. »*

Elle fusilla son frère du regard et, d'un air dédaigneux, lui balança:

— Ne me dis pas que nos parents ont épongé tes dettes de drogué. Je crois que ça me rendrait folle.

5

Garance

— Si. Ils m'ont donné de l'argent.

Garance en eut le souffle coupé. Comment leurs parents, aussi intransigeants que conservateurs, avaient-ils accepté d'apporter leur soutien financier à un fils toxicomane ?

Elle formula sa question à haute voix sous le regard désolé de David. Mathieu, le corps secoué de tremblements, répondit :

— Ils culpabilisaient. Pour eux, mon overdose était un appel au secours. Un geste suicidaire. Ils étaient persuadés de m'avoir encouragé, malgré eux, à commettre l'irréparable. C'était faux, bien entendu. Le désespoir était le seul responsable. Nos parents n'avaient rien à se reprocher.

— Quand t'ont-ils prêté de l'argent ?

— L'année dernière. Au mois d'avril.

Estomaquée par les révélations de son frère, Garance ne parvint pas à exprimer ce qu'elle avait sur le cœur. Incompréhension. Colère. Injustice.

Elle se laissa choir sur une chaise. Sa douleur était grande, sa jalousie plus encore. Mathieu avait beau avoir été en danger, elle ne tolérait pas que ses parents aient choisi de l'aider. Pourquoi lui plutôt qu'elle ? Car oui, l'année dernière, au mois d'avril, Garance avait eu, elle aussi, besoin de ses parents pour sauver son restaurant. Mais ils ne lui avaient rien proposé. Avait-elle commis une faute qui les aurait poussés à lui refuser un soutien financier ? Une idée lui effleura l'esprit, mais elle la rejeta. Non, ils ne savaient pas que… Impossible : c'était son secret. Et, mis à part ce détail, Garance n'avait rien à se reprocher. Elle en était certaine. Petite fille modèle, elle avait pris soin de Solène et de David, secondé Thérèse en cuisine. Adolescente, ses résultats scolaires et son comportement avaient été exemplaires. À dix-huit ans, elle avait suivi son apprentissage auprès d'un chef renommé de la Côte d'Azur, qui lui avait transmis son savoir-faire. À trente ans, elle avait acheté un restaurant dans le quartier de la Croix-Rousse, à Lyon. Son père avait salué son courage et son envie d'entreprendre.

Oui, du courage, Garance en avait eu besoin. Le local qu'elle avait acquis était dans un piteux état. L'ancien propriétaire avait cessé son activité sur ordre des services sanitaires et Garance avait dû entreprendre de gros travaux pour remettre les lieux aux normes. Une amie architecte s'était occupée de la décoration intérieure et de l'aménagement du patio à l'abandon. Un an plus tard, La Table d'Antigone ouvrait ses portes. Au fil du temps, elle s'était imposée comme l'une des meilleures adresses de la ville : une cuisine raffinée, des matières premières nobles, un service de qualité, un cadre agréable. Garance avait obtenu une étoile et s'était retrouvée référencée dans tous les guides culinaires. Les touristes affluaient de la France entière pour découvrir la cuisine d'Antigone et le calendrier des réservations était complet six mois à l'avance.

Pendant dix ans, Garance avait géré son entreprise de main de maître et rien ne semblait pouvoir entraver sa réussite. Mais son ambition était grande et l'envie d'investir dans un autre établissement s'était peu à peu muée en obsession. Elle s'était donc mise à la recherche d'un lieu atypique pour développer une seconde activité de restauration. Une annonce pour un bâtiment du Moyen-Âge dans le vieux Lyon avait retenu son attention. Coup de cœur. Le compromis de vente, signé en janvier 2016, marquait le début d'une nouvelle aventure. Six mois plus tard, La Table d'Œdipe était inaugurée sous le feu des projecteurs. Cette nouvelle adresse était, sans conteste, réservée à une élite. Garance voulait repousser les limites de son art et proposer une cuisine divine, somptueuse, unique. À des prix exorbitants. Seconds, serveurs et sommeliers s'étaient relayés autour d'elle pour partir à la conquête des étoiles, mais le succès s'était fait attendre. La clientèle ne se pressait pas et rares étaient les services affichant complet.

Un an après l'ouverture, le bilan était inquiétant : les résultats n'étaient pas à la hauteur des espérances de Garance. Elle n'avait pourtant pas le droit à l'erreur. La Table d'Œdipe avait demandé plusieurs dizaines de milliers d'euros d'investissement. Si l'activité ne décollait pas rapidement, tout risquait de s'effondrer.

Comme si cela ne suffisait pas, une nuit, après avoir quitté le restaurant à une heure tardive, Garance avait été agressée dans la rue. Elle s'était sortie de ce drame avec de multiples fractures, dont une sévère au bras droit qui l'avait empêchée de reprendre son activité. Durant un mois, elle avait confié la gestion des cuisines à son second et les problèmes s'étaient enchaînés. Clouée sur son lit d'hôpital, spectatrice impuissante du naufrage de son affaire, Garance avait sombré dans la dépression. La nouvelle s'était propagée dans les médias. Un journaliste avait ensuite affirmé qu'Œdipe et Antigone étaient au bord de la faillite, un autre avait porté le coup de grâce en dressant un portrait peu glorieux de la cheffe Garance Villiez-Belasko.

Les clients s'étaient mis à bouder l'adresse du vieux Lyon et, plus grave encore, celle de la Croix-Rousse, qui jouissait jusqu'à présent d'une bonne santé financière. Garance avait dû licencier un salarié. Puis deux. La chute de l'empire était annoncée. Ce n'était qu'une question de temps.

Au pied du mur, Garance s'était précipitée chez ses parents pour leur faire part de ses difficultés. Son père n'avait pas réussi à cacher son irritation :

— Je t'avais dit que c'était inconscient.
— Inconscient ?
— La Table d'Œdipe. Ce bail dans le vieux Lyon t'a coûté les yeux de la tête ! Et tous ces salariés !
— Ne me reproche pas d'avoir été ambitieuse. Tu l'étais toi aussi…
— Ambitieux, oui. Inconscient, non.
— J'avais les financements, la motivation et l'équipe. Ça pouvait marcher !
— Mais ça n'a pas été le cas !

Le ton de papa avait été cassant. Garance, piquée à vif, s'était jetée sur la première excuse à sa disposition.

— C'est à cause de mon agression ! Et de cette foutue critique !
— Tu n'allais déjà pas bien ! Solène m'a dit que, chaque fois qu'elle allait te voir au boulot, tu n'y étais pas.
— Des hauts et des bas. Comme tout le monde.
— Lorsque tu es à ton compte, tu n'as pas le droit d'avoir des hauts et des bas, Garance. Il ne faut jamais se démoraliser, jamais baisser la garde. L'entrepreneur est un battant, qui jamais ne se relâche. Il ne peut pas se le permettre.
— Les premières années sont toujours difficiles. La situation allait s'améliorer pour La Table d'Œdipe. Ces abrutis de journalistes ne m'en ont pas laissé le temps.
— J'ai lu les articles. C'est quoi cette rumeur concernant l'un de tes salariés ?
— Je ne tiens pas à en parler.

En repensant à cette conversation, Garance eut envie de pleurer. Ce jour-là, quelque chose s'était brisé entre elle et ses parents. Leur attitude l'avait blessée et elle avait décidé de ne plus leur adresser la parole. Et puis il y avait eu le suicide de maman. Depuis cette tragédie, Garance éprouvait rancune et regrets. Mais aujourd'hui, le premier de ces deux sentiments prédominait. Pourquoi papa avait-il préféré prêter de l'argent à son drogué de frère plutôt qu'à elle ?

Elle froissa la lettre et se posta devant Mathieu.

— Combien t'ont-ils filé ? demanda-t-elle d'un ton autoritaire.

David s'interposa.

— Ce n'est pas le moment, Garance.

— Oh que si ! Alors ? Combien ?

Mathieu baissa les yeux puis fixa ses pieds avant de murmurer :

— Vingt.

— Vingt quoi ?

— Vingt mille.

— Vingt mille euros ?

— Oui.

— Papa et maman t'ont filé vingt mille balles pour rembourser tes dettes de cocaïnomane ?

— Oui.

Les joues de Garance devinrent écarlates. Un an plus tôt, cette somme lui aurait permis d'éviter le naufrage d'Antigone. Mais ses parents avaient favorisé Mathieu et cette injustice emplissait Garance de colère. Elle, la travailleuse, la battante, la courageuse, avait été laissée sur le carreau. Lui, le toxico, l'orgueilleux, le bagarreur, s'en était sorti. Le constat était ahurissant. Elle en voulait à son frère et s'apprêta à le lui dire lorsqu'une voix s'éleva dans la salle à manger. Solène, mains sur les hanches, avait choisi, elle aussi, l'offensive.

— Tu réussis toujours à embrouiller les gens, Mat.

David s'interposa.

— Foutez-lui la paix, les filles ! La situation est déjà assez critique.

— La situation ? Tu parles des blessures de Philippe ou de ces milliers d'euros qu'ont donnés nos parents à cet abruti de camé ?

Mathieu regarda Solène avec dédain mais garda le silence. Elle repartit de plus belle :

— Dis-moi, Mat : que penses-tu de la *situation* ? Est-elle assez *critique* ? Ou pourrait-elle empirer ?

— Tais-toi, Solène !

— Me taire ? Certainement pas. Au contraire. Moi aussi j'ai des trucs à raconter pour contrebalancer ton récit larmoyant. Laurence qui t'aime et qui croit en toi. Nos vieux qui signent des chèques à tour de bras pour t'aider. Tes problèmes d'addiction et tes cures de désintoxication. Tu nous ferais presque pleurer !

Les muscles de la mâchoire de Mathieu se contractèrent.

— Je n'ai pas envie de vous apitoyer sur mon sort. Je ne dis que la vérité.

— Vraiment ? Non, Mathieu. C'est faux ! Ce n'est pas la vérité. Et puisque tu refuses de la révéler, alors je vais m'en charger.

6

Solène

— Tu ne ripostes pas, Mathieu ? Je suis un peu déçue. Mais tant mieux. Tu me simplifies la tâche. Où est donc passé ton courage légendaire ? Il ne se cache que derrière tes deux petits poings musclés ? C'est plus facile de donner des coups que d'avouer qu'on a merdé, pas vrai ? Pas la peine de me regarder avec cet air dépité, David. Si tu savais ce que je sais… Dis-moi, Mathieu : nos parents connaissaient-ils ton petit secret honteux ? Pas tes histoires de cocaïne à la con, mais l'autre, le vrai ? Non, évidemment. Si notre père avait su quoi que ce soit à ce sujet, il t'aurait banni. J'aurais pu tout lui raconter. Je ne l'ai pas fait par crainte de briser notre famille. Mais quand je vois Philippe dans cette mare de sang, je regrette. J'aurais dû ouvrir ma gueule ! Oui ! Ça nous aurait évité d'en arriver là. Tu as vu ce que tu as fait, Mathieu ? Tu as vu, bordel ? Baisse les yeux et regarde ton frère ! Tu l'as réduit en charpie ! Putain, mais pourquoi n'ai-je rien dit quand il était encore temps ? Je me sens si coupable de l'état de Philippe. Ces coups… C'est comme si c'était moi qui les avais portés. Laisse-moi parler, Mathieu. Tu veux m'en empêcher en me cassant la gueule ? Je m'en fiche. Frappe-moi ! Tue-moi, si tu veux ! Tue-nous tous ! Il ne restera que toi. Seul héritier de la fortune des Belasko ! C'est ça que tu veux ? La thune ? OK. Tu l'auras. Mais tu crèveras en prison ! Laurence se cassera. Tes enfants te haïront. Tu seras à jamais l'homme qui a tué Philippe, leur oncle. L'amour plus fort que tout ? Conneries ! Lâche-moi, Garance ! Laisse-moi finir mon histoire. Mathieu ne s'en sortira pas comme ça. Pas cette fois. Je sais des choses… des choses qu'on fout sous le tapis parce qu'elles nous semblent trop moches, mais qu'on garde toujours dans un coin de la tête… Juste parce qu'on se dit « et si c'était vrai ? ». N'essaie pas de me faire taire, Mathieu. Tu voulais, aussi, que Laurence la ferme et tu y es parvenu. Elle s'est écrasée ! Elle a si peur de toi… Et les enfants… Quand ils étaient gosses, tu étais incapable de les punir sans en venir aux mains. Et ce piquet où tu les envoyais des heures entières… Tu crois que j'ai oublié ? Je me rappelle un week-end où j'avais dormi chez vous. Tu avais puni Mathéo parce qu'il ne voulait pas se brosser les dents. Tu as crié si fort qu'il s'est pissé dessus ! Puis il a passé la nuit debout, au coin, dans son pyjama mouillé, avec l'interdiction de bouger ! Il avait onze ans ! Huit heures au piquet ! Mais ce n'est pas tout. Il y a quelques années, Pauline, ta fille, s'est confiée à moi. Elle m'a révélé que tu terrorisais ta famille. Que tu brûlais tes enfants avec une cigarette lorsqu'ils désobéissaient, que tu plongeais Lucas dans la cuvette des chiottes quand il refusait de finir son assiette, que tu interdisais à Laurence de sortir sans ta présence, que tu l'aurais forcée à se raser le crâne pour la tenir à distance des autres hommes ! Et ces coups que tu lui portais. Un jour, Pauline a dû intervenir. Elle tremblait encore quand elle m'a raconté cette scène. Tu as battu Laurence pour dix minutes de retard ! Trois côtes cassées et une hémorragie cérébrale ! Si Pauline ne s'était pas interposée, tu aurais pu tuer sa mère ! Oui. Voilà ce qu'elle m'a dit en pleurant : « Mon père a failli tuer ma mère. » Elle m'a aussi rapporté les humiliations que subissait Laurence au quotidien. Les mots que tu utilisais pour t'adresser à elle. Pauline n'a même pas osé les prononcer. La seule chose qu'elle a accepté de me répéter c'est qu'au cours d'un repas, alors que ton assiette n'était pas propre, tu as traité ta femme de « pute ». Oui. Voilà le mot que tu as employé pour une histoire de vaisselle mal lavée ! Pas la peine de secouer la tête, Mathieu. C'est la vérité. Ne nous mens pas, comme à Laurence ou à nos parents. Car après ma discussion avec Pauline, j'ai questionné ton épouse. Elle a nié les allégations de sa fille. Elle s'est mise en colère en me certifiant que Pauline était une adolescente difficile, mythomane. Qu'elle voulait attirer l'attention. Et tu sais quoi ? J'y ai cru ! Je ne pouvais pas imaginer mon frère lever la main sur une femme ou sur un enfant. Mais ce soir, tout fait sens. Même l'infidélité de Laurence. À l'époque, nous avons blâmé son attitude et celle de Philippe. Nous nous sommes rangés de ton côté. « Pauvre Mathieu ! Trompé par son épouse ! Trahi par son frère ! » Pourquoi crois-tu qu'elle ait fait ça ? Je vais te le dire : parce qu'elle avait trouvé auprès de Philippe un homme doux, tendre, attentionné. Ne viens pas te plaindre d'avoir été le cocu de service. Tu as eu ce que tu méritais. Ne te justifie pas : je me fiche de tes explications. Et si Philippe succombe à ses blessures, et que les flics nous demandent qui est responsable de sa mort, ne compte pas sur moi pour te protéger. Oh, non ! Pas cette fois ! Car si je n'avais pas été aussi lâche, aujourd'hui, nous n'en serions pas là !

7

Mathieu

— Elle ment! cria Mathieu.

Il espérait convaincre David et Garance, mais leurs mines consternées indiquaient qu'ils prêtaient foi aux propos de Solène. Mathieu comprit alors qu'il était seul. Contre eux. Contre sa propre famille. Le vilain petit canard, il l'avait toujours été. Et il le serait pour le restant de ses jours. Il aurait beau être exemplaire, jamais le point de vue de ses frères et sœurs ne changerait à son sujet.

De son côté, Solène, rouge de colère, haletait et suffoquait. Bras tendus, gonflant les joues à intervalles réguliers, elle semblait se tenir prête à lui sauter à la gorge. David et Garance ne quittaient pas des yeux leur sœur, terrifiés par le récit qu'ils venaient d'entendre. Si Mathieu avait été à leur place, il n'aurait pas cru un mot de ce qu'avançait cette petite garce. Solène, à l'instar de Pauline, cherchait sans cesse à attirer l'attention. Cette fois, pour parvenir à ses fins, elle avait choisi de clouer son frère au pilori – sans lui laisser la moindre chance de se justifier –, et son jugement s'était appuyé sur des mensonges élaborés par une gamine mal dans sa peau.

Mentir. Accuser. Montrer du doigt. Propager des rumeurs.

Voilà les domaines dans lesquels excellait Dame Solène. Elle l'avait déjà prouvé par le passé et ce soir, dans la pire des situations, elle en apportait une nouvelle démonstration. Son témoignage n'était que pure invention. La jalousie parlait pour elle et lui faisait perdre la tête.

Mathieu sentit ses nerfs se nouer, ses muscles se crisper. Il serra les poings à s'enfoncer les ongles dans les paumes. La colère empoisonnait son sang, battait dans ses veines, pulsait dans son cœur. Il devait la contenir, réagir, et prouver que Solène avait tort.

Non, il n'était pas l'homme qu'elle avait décrit.

Son âme n'abritait pas un tel démon.

Son corps ne renfermait pas un tel monstre.

Non.

Mais plus Mathieu essayait de s'en convaincre, plus la migraine entre ses tempes devenait violente. Une décharge électrique lui traversa soudain le corps et il se mit à trembler sans pouvoir se contrôler.

Il devait libérer sa rage avant qu'elle ne le dévore.

À grandes enjambées, il se dirigea vers la table de la salle à manger, attrapa une chaise et la jeta contre une baie vitrée. Sous le choc, le verre vibra, la chaise rebondit et s'écrasa sur le parquet. David évita de justesse ce projectile lancé à toute vitesse.

— T'es malade ou quoi ? hurla Garance. T'as vraiment un problème, mon pauvre Mathieu ! Tu mets Philippe KO et tu manques de blesser David. Tu veux tous nous tuer ? Les uns après les autres ? C'est ça ton plan ? Et tu l'as initié il y a six mois ? Avec maman ?

David et Solène se tournèrent vers leur sœur. Mathieu, accablé par cette nouvelle accusation, ne répondit pas.

— Qu'est-ce que tu racontes ? demanda David d'une voix chevrotante.

— Notre père n'était pas le seul à avoir des soupçons. J'en ai eu, moi aussi. Une heure avant que nous découvrions notre mère inconsciente, je me suis levée. De la lumière filtrait sous la porte de Mathieu. Il ne dormait pas !

Des regards hostiles se posèrent sur le suspect. Celui de Garance, le pire de tous, transpirait la haine et le dégoût.

— Alors : que faisais-tu debout, à cette heure tardive ?

— Tais-toi, Garance ! Tu délires !

— Maman avait peur de toi. Elle disait que tu étais imprévisible. Ingérable. Un chien enragé. Un bagarreur. Elle assurait qu'un jour tu commettrais l'irréparable. Elle ne s'était pas trompée.

Mathieu aurait aimé se défendre, mais son cerveau était engourdi. La douleur se propageait dans son crâne, rejointe bien vite par une autre qui prenait naissance dans son bras gauche. Toutes convergèrent vers sa nuque où une sensation de brûlure lui arracha un cri. Dans sa poitrine, une pression s'exerça si violemment qu'elle lui coupa la respiration. Il suffoqua en portant la main à son cœur.

Et si la meilleure des solutions était de s'abandonner. De lâcher prise ?

Si, pour une fois dans sa vie, le boxeur acceptait d'être mis au tapis ?

L'idée était tentante.

Épuisé, Mathieu laissa ses sœurs et son frère à leurs suspicions et s'allongea sur le canapé. Il cala les mains derrière son cou et attendit.

La douleur dans son bras gauche n'en finissait plus de grandir. Jusqu'à anesthésier le bout de ses doigts.

Mathieu connaissait parfaitement ces symptômes et, malgré la gravité de la situation, ne put s'empêcher de rire.

— Les infarctus ne font preuve d'aucune originalité, dit-il en fermant les yeux.

Acte IV

*« La neige tombait sur cette nuit
où l'une de vous a franchi
la plus abjecte des limites. »*

Une sonnerie retentit dans la chambre de l'hôpital. Jouvry sursauta. N'avait-il pas mis son téléphone sur silencieux?

Quelques minutes plus tôt, il se serait réjoui de ce coup de fil et de la possibilité d'une pause. Mais à présent, absorbé par la tragédie des Belasko, il préféra ne pas prendre l'appel.

La sonnerie cessa. Mais reprit aussitôt. À deux reprises.

Agacé, le capitaine se leva.

— Excusez-moi, dit-il en se raclant la gorge. Je vais devoir répondre.

— Nous poursuivrons après?

Une moue de déception accompagna cette question et suscita, chez Jouvry, de la pitié. Il ne fallait surtout pas qu'il se laisse amadouer. L'empathie altère le jugement et, trop souvent, le fausse. Il se contenta donc de hocher la tête. Puis il quitta la pièce, ferma la porte derrière lui et décrocha.

— Allô?

— C'est Florence! On vous cherche partout, capitaine!

— Je suis toujours à l'hôpital.

— Encore!

— L'histoire des Belasko est longue et compliquée, mais je pense pouvoir comprendre le drame qui s'est joué.

— Comprendre?

— Oui.

— Si vous le dites!

— Tu ne sembles pas convaincue.

— Désolée mais, selon moi, une seule explication est valable : les Belasko ont un grain. Parlez d'eux à n'importe qui dans la vallée : tout le monde vous donnera le même son de cloche.

Le capitaine se mit à arpenter le couloir. La tournure de la conversation l'irritait. Il décida de changer de sujet.

— Où en êtes-vous de vos recherches ?

— Nous avons fini de visionner les enregistrements de vidéosurveillance. De l'arrivée de Philippe Belasko, hier soir à 19 heures, jusqu'au déverrouillage des issues, ce matin à 7 heures.

— En deux mots.

— Deux mots ? Ce n'est pas suffisant, capitaine. On pourrait écrire un roman sur cette histoire.

— Je sais. Je suis en train de l'écouter.

Florence se lança dans un récit chronologique, mais succinct, des événements. En découvrant cette version captée par les caméras de surveillance du salon et de la salle à manger – et malgré la chaleur écrasante qui régnait à l'hôpital – Jouvry frissonna. Il avait espéré que le témoignage recueilli était le produit d'un choc, d'un traumatisme qui aurait altéré la réalité. Ce n'était pas le cas. Tout concordait. Heure après heure, les faits s'enchaînaient.

Lorsque Florence acheva son résumé, le capitaine ne manifesta aucune réaction. Il était abasourdi. Fallait-il poursuivre les investigations ou boucler le dossier ? Tout semblait clair mais trop de zones d'ombre subsistaient : le téléphone fixe qui n'émet plus aucune tonalité, l'abonnement avec Stela résilié, les cartes magnétiques désactivées, les codes des tableaux de commande modifiés… Sans oublier la mort de Mme Belasko, le principal mystère à éclaircir.

— J'aimerais que tu mates les enregistrements du vendredi 18 janvier 2019, dit-il enfin à sa collègue. Ce soir-là, Mme Belasko a mis fin à ses jours, mais son époux affirme, dans une lettre destinée à ses enfants, qu'il s'agissait d'un assassinat.

— Où se serait-elle suicidée ?

— Dans la chambre parentale.

— Au premier ?

— Oui.

— C'est mort ! Pas de vidéosurveillance à cet étage. Seulement au rez-de-chaussée.

— Alors vérifie tous les autres enregistrements ! Si un intrus s'est introduit dans la maison, il n'aura pas échappé à la vigilance des caméras à l'extérieur du domaine ni à celles du hall d'entrée et des pièces de réception.

— C'est noté !

— Et la ligne téléphonique ? Du nouveau ?

— Coupée. Physiquement…

— Voilà pourquoi les Belasko n'ont pas pu prévenir les secours. Quand la ligne a-t-elle été vandalisée ?

— Nous avons visionné les vidéos des jours qui suivent la mort d'André Belasko. Mardi, à 23 heures, une ombre se faufile dans le domaine, pénètre dans la Casa, ouvre le boîtier Télécom et sectionne le câble avec une pince.

— Merde ! Une idée de son identité ?

— Aucune ! Une silhouette frêle, de petite taille, vêtue de noir. Nous n'arrivons même pas à définir s'il s'agit d'un homme ou d'une femme. Tout était calculé. La ligne directe entre la Casa et Stela, le service de sécurité privé, a été suspendue jeudi. Heureusement pour nous, la société n'avait pas encore envoyé d'équipe pour désinstaller les caméras de surveillance.

— Qui a résilié ce contrat ?

— Un certain Paul Martin.

Jouvry ne put cacher sa stupeur et réfléchit à haute voix :

— Pour sectionner la ligne Télécom, il fallait s'introduire dans le domaine avec un passe. Paul en détient forcément un. Il a pu, aussi, opérer des changements sur les tableaux de commande des portes et baies vitrées.

— Dans quel but ?

— Pour que personne ne puisse sortir de la maison. Il savait que les enfants se réuniraient hier soir à la Casa, et il voulait que ces cinq-là se retrouvent coupés du monde.

— Ce type aurait…

— Appelle le notaire des Belasko, Flo, et essaie d'en savoir plus sur la répartition des biens.

— Vous pensez à une histoire d'héritage ?

— Pourquoi pas…

— Supposons que ce type ait piégé les gamins pour une histoire d'argent, ça n'explique pas le bain de sang. Personnellement, je peux rester enfermée toute une nuit dans une pièce de dix mètres carrés avec ma sœur sans vouloir sa mort. Pourtant, je peux vous assurer qu'elle est chiante !

Le capitaine ne releva pas la remarque.

— Convoque Paul Martin et interroge-le. Je te rejoins dès que j'ai fini.

— Entendu !

— Rencarde-toi aussi sur les domestiques qui travaillaient à la Casa. Les femmes de ménage, les cuisinières, les jardiniers… Et sur les infirmières et médecins qui se relayaient au chevet d'André Belasko. Tous ces gens doivent être auditionnés.

Jouvry allait raccrocher lorsque Flo poursuivit.

— Attendez, capitaine ! Une dernière chose ! Ça peut paraître futile, mais j'ai effectué quelques recherches sur la Casa. André Belasko a hérité du domaine en 1978 et s'y est installé avec sa famille après de gros travaux de réhabilitation.

— La maison était à l'abandon…

— Affirmatif ! Elle était la résidence d'Eduardo Belasko, le père d'André, vigneron lui aussi. Il avait délaissé la Casa au début des années 1970 à cause d'une grave maladie et avait confié la gestion des vignes à ses employés. Si on remonte l'arbre généalogique, on trouve Fernando Belasko, l'arrière-grand-père d'André. C'est lui qui a fait construire la bâtisse en 1905, d'après des plans dessinés par ses soins. Dans nos archives, je suis tombée sur une affaire surprenante. En 1928, Paula, la fille de Fernando et Gabriela, est morte dans un incendie qui s'est déclenché à la Casa. Le dossier – qui me semble anormalement mince – évoque un accident. J'en ai parlé au chef. Il m'a appris qu'au début du siècle le commissaire n'était autre qu'un certain Louis Belasko…

— Un aïeul d'André ?

— Son grand-oncle. Le frère de Fernando. À l'époque, il aurait étouffé la piste de l'incendie criminel et orienté l'enquête vers un accident.

Le capitaine bougonna. Un père. Un arrière-grand-père. Un grand-oncle. Jusqu'où allait-il devoir remonter l'arbre généalogique des Belasko pour comprendre l'horreur vécue quelques heures plus tôt ?

Il attendit que sa collègue ait terminé, la salua et raccrocha.

La liste des points à éclaircir n'en finissait plus de s'allonger : l'incendie de la Casa au début du XXe siècle, la mort de Mme Belasko au mois de janvier, l'implication de Paul Martin dans les événements tragiques survenus cette nuit. Cette maison ne serait-elle pas maudite comme le soutenaient les rumeurs dans la vallée ? Non. Jouvry ne devait pas céder à ce genre de facilités. Il fallait poursuivre l'interrogatoire de manière objective et s'en tenir aux faits.

Le capitaine coupa la sonnerie de son portable pour ne plus être importuné. Il essuya la sueur sur son front et entra dans la chambre sans frapper. La silhouette, surprise, se redressa brusquement dans le lit. L'inquiétude se lisait sur son visage.

— Tout va bien ?

Jouvry ne répondit pas. L'espace d'un instant, il fut saisi d'un doute. La personne en face de lui était-elle en pleine possession de ses moyens ? Disait-elle la vérité ? Oui. Sans conteste. Son histoire était authentique. Florence avait vu les enregistrements de vidéosurveillance, et ils confirmaient ce que le capitaine avait déjà entendu. Et allait sans doute entendre.

Les questions se bousculèrent dans sa tête. Il aurait aimé toutes les poser, pourtant, voilà ce qu'il se contenta de demander :

— Comment en êtes-vous arrivés là ?

Un silence. Puis un rire nerveux.

— Impossible de vous répondre, capitaine. Ou peut-être en citant Sigmund Freud.

— Je vous écoute.

La silhouette se tourna vers la fenêtre. Ses lèvres remuèrent sans produire de son, comme si elles cherchaient les mots exacts d'une phrase vaguement oubliée. Ils furent enfin retrouvés et prononcés d'une voix claire et distincte :

— *Les émotions non exprimées ne meurent jamais. Elles sont enterrées vivantes et libérées plus tard de façon plus laide.* Oui. Cette citation résume parfaitement comment nous en sommes arrivés là.

1

Solène

Après les insultes et les reproches, le silence était revenu dans la salle à manger. Et il était pesant. Pour Solène, il avait le goût d'un affront : Mathieu, comme d'habitude, n'assumait pas ses actes. Il s'était allongé sur le canapé – ce qui ne lui ressemblait guère – et s'était tu – ce qui lui ressemblait encore moins. Se défendre des accusations qu'on lui portait était bien le cadet de ses soucis.

Sa plus belle réponse ? Le mépris.

Pensait-il s'en sortir si facilement ? Hors de question !

Il devait des explications et, surtout, des excuses. Mathieu semait la terreur depuis trop longtemps dans la famille. Pire : il avait profité de la générosité de ses parents pour se tirer d'une mauvaise passe. S'ils avaient su quel monstre était leur fils, ils l'auraient renié. Mais ils s'étaient laissé berner. Comme tout le monde.

Ce soir, Solène était bien décidée à rétablir la vérité.

Sûre d'elle, elle traversa le salon et s'immobilisa à quelques pas du canapé.

— Ne te défile pas, Mathieu ! Admets que j'ai raison, et cesse de nous mentir !

Pas de réponse.

Solène se tourna vers Garance et David pour chercher l'approbation dans leur regard. Elle ne la trouva pas. Son frère et sa sœur, encore sous le choc des révélations, se tenaient derrière elle, les bras ballants, l'air abattu. Allaient-ils la soutenir dans sa quête de vérité ? Non ! Garance la détestait et David, le diplomate de service, n'obligerait jamais Mathieu à reconnaître ses erreurs.

Se sentir seule face à l'ennemi décupla son irritation.

— Tu n'as plus envie de discuter, Mat ? Tu ne veux pas te défendre ? Livre-nous ta version des faits puisque la mienne n'est qu'un tissu de mensonges !

Toujours pas de réponse.

Agacée par son mutisme, plus déterminée que jamais, Solène s'approcha de son frère. Son assurance s'étiola lorsqu'elle se pencha sur Mathieu. Une grimace de douleur lui tordait le visage et la pâleur de son teint était inquiétante. Sa main gauche, posée sur son torse, était crispée, prête à s'enfoncer dans sa poitrine. De timides oscillations soulevaient sa cage thoracique. Elles devinrent peu à peu imperceptibles avant de cesser.

Solène ne cligna plus des yeux et focalisa son attention sur la respiration de son frère.

— Tu m'entends, Mat ?

Aucune réaction.

Partagée entre la colère et la stupeur, Solène le secoua. Doucement d'abord. Puis avec fougue. Mais les paupières de Mathieu demeuraient ouvertes et, dans ce regard froid, Solène croisa celui de la mort. Cette vision lui arracha un cri.

David se précipita vers sa sœur, sans savoir toutefois pourquoi la panique la gagnait. Lorsqu'il arriva auprès de Mathieu, nul besoin que Solène formule ses craintes : David les devina. À son tour, il tenta de réveiller son frère. Impuissant, il le fit glisser du canapé, l'allongea sur le sol et commença à lui prodiguer un massage cardiaque.

En état de choc, Solène recula d'un pas. Elle voulut hurler mais sa voix s'étrangla. Son désespoir était si grand qu'un couteau aurait pu s'enfoncer dans son cœur sans qu'elle éprouve la moindre douleur.

Elle se mit à errer dans le salon.

Un infarctus était en train d'emporter son frère.

D'après son épouse, les crises étaient de plus en plus fréquentes, de plus en plus violentes. Mathieu, incapable de céder la moindre concession, vivait en sursis depuis plusieurs années. Et malgré les recommandations des médecins, le trio cocaïne-alcool-boxe ne cessait de rythmer son quotidien.

Solène s'effondra sur une chaise et les derniers mots scandés par son frère martelèrent son esprit.

Elle ment!

Il s'était défendu, avec acharnement, des accusations qu'elle lui portait. Cette détermination lui avait-elle coûté la vie?

Un brouillard épais l'enveloppa.

Aux cris de Mathieu se mêlaient les bruits de la biche contre le pare-chocs de la voiture et ce craquement atroce: la roue qui broie ensuite le museau de l'animal.

2

David

Il est trop tard!
Plus rien ne sauvera Mathieu!
Il mourra dans tes bras!
Comme maman!

Rejetant cet atroce pressentiment, David poursuivit son massage cardiaque. Il fallait garder espoir. Cette soirée ne trouverait pas la mort pour issue. C'était inconcevable.

Un, deux, trois… trente compressions.

Deux insufflations.

Essoufflé, le teint écarlate, David ne ménageait pas ses efforts. La sueur perlait sur son front et ses tempes. Une goutte dévala l'arête de son nez, s'échoua sur ses lèvres et laissa dans sa bouche un goût amer.

À chaque compression, il priait pour que Mathieu reprenne ses esprits et se redresse brusquement en éclatant de rire. Mais son frère demeurait inconscient, ses yeux fixant le plafond. Ce regard vide et glacial rappela à David celui de sa défunte mère. D'autres souvenirs sensoriels vinrent compléter ce tableau macabre: la douceur de la chemise de nuit en soie de maman; la pâleur de son teint; la froideur de sa peau.

David devait se ressaisir. Le passé ne pouvait, en aucun cas, ralentir la cadence de son massage.

Il continua à plaquer ses mains sur la poitrine de son frère et se remit à compter.

Ranimer le cœur affaibli de Mathieu malgré la peur et l'épuisement.

Un, deux, trois… trente compressions.

Deux insufflations.

Le paradis existait-il vraiment? Si oui, David imaginait alors ses parents assister, de là-haut, à ce triste spectacle. Étaient-ils surpris?

Non. Papa avait toujours soutenu que, lorsqu'il ne serait plus de ce monde, la fratrie imploserait. Il avait raison. André Belasko était le capitaine du bateau familial. Sans lui pour tenir la barre, le voyage était voué au naufrage.

Ces sombres pensées détournèrent David de son objectif. Il fallait les bannir. Il se recentra sur son massage cardiaque, avec la ferme intention que plus rien ne l'en distrairait.

Un, deux, trois… trente compressions.

Deux insufflations.

Jusqu'à ce que deux mains s'abattent sur ses épaules.

Il sursauta.

Se retourna.

Personne.

Garance et Solène se tenaient toujours derrière lui, à quelques mètres. Impossible que l'une d'elles l'ait touché.

Stupéfait, David balaya la pièce du regard et se liquéfia: autour de lui, les murs du salon bougeaient.

Étaient-ce la fatigue et le stress qui lui jouaient des tours?

Il ferma les paupières, inspira et expira calmement. Lorsqu'il se sentit apaisé, il rouvrit les yeux et constata, avec effroi, que les murs continuaient de se déplacer. La cloison à droite glissait dans un mouvement fluide et rapide; celle à gauche semblait la rejoindre. Quant au plafond, il s'était lancé dans une course endiablée en direction du plancher.

La maison respirait.

Elle *vivait.*

En écoutant avec attention, on entendait son cœur battre et son estomac crier famine. Son appétit semblait insatiable et son but terrifiant : engloutir la fratrie.

Pour David, aucun doute : la Casa était possédée. Les rumeurs dans la vallée disaient vrai. Depuis toujours, la maison obligeait ses habitants à commettre le pire et ce soir elle avait jeté son dévolu sur cinq personnes. Une à une, elle allait les faire sombrer dans la folie et prendre leur vie pour s'en nourrir. Combien de temps restait-il aux survivants avant qu'elle ne les dévore ?

Haletant, David reprit son massage cardiaque. Il fallait ranimer Mathieu et quitter cet endroit au plus vite.

Un, deux, trois… trente compressions.

Deux insufflations.

Mais les murs, menaçants, n'en finissaient plus de se rapprocher de lui.

— Qu'attends-tu de moi ? hurla David à l'attention de la Casa.

À sa grande surprise, on lui répondit.

— Que tu appuies sur cette cage thoracique ! Que tu sauves ton frère !

Qui parlait ? Était-ce la maison ? Pourquoi pas ? Si elle respirait, ne pouvait-elle pas, aussi, être douée de parole ?

— Plus fort, mon enfant ! Plus fort ! Ou il va mourir !

Cette voix était aussi envoûtante que le chant d'une sirène. David, pauvre pêcheur, ne put résister. Charmé, docile, il suivit malgré lui les directives de la Casa et appuya de toutes ses forces sur la poitrine de Mathieu.

Un, deux, trois…

Un craquement suivit.

David s'interrompit.

Un liquide visqueux coula entre ses doigts. Il baissa les yeux et découvrit avec horreur que ses mains s'étaient enfoncées dans le torse de son frère. Les côtes étaient broyées, la peau déchirée. Un trou béant de chair et de sang. Sous ses paumes, David devina une texture spongieuse. Les poumons.

Ses cris s'élevèrent dans la maison et firent trembler les murs qui, toutefois, ne stoppèrent pas leur course folle.

Couché sur Mathieu, David se boucha les oreilles pour ne plus entendre la voix, mais elle résonnait inlassablement dans son crâne. Pourquoi la Casa se montrait-elle si cruelle ? Elle venait de lui transmettre le plus morbide des ordres, tuer son frère, et David avait obéi sans ciller. Maman avait-elle été manipulée de la même façon ? Était-ce la maison qui l'avait convaincue de se suicider ?

David gémit. S'il avait eu le choix, il aurait pris la place de Mathieu, sans hésiter la moindre seconde. Sa mort en échange d'un meurtre. Tout de suite. Maintenant.

Prostré, il laissa éclater son chagrin lorsqu'une main fraternelle caressa son dos.

— Tu m'entends ? C'est moi ! Garance.

David se redressa grâce à l'aide de sa sœur et se frotta les yeux. Les murs étaient dans leur position initiale. Il inspecta ses mains : pas de sang. Il se pencha sur Mathieu : pas de trou, pas de blessure. La poitrine de son frère était intacte.

Que s'était-il passé ? Comment lui, David, d'habitude si calme et raisonné, avait-il pu perdre l'esprit ? Et, surtout, depuis combien de temps avait-il interrompu son massage cardiaque ?

La réponse le terrifia : trop longtemps.

En tremblant, il chercha le pouls de Mathieu. Quelques minutes s'écoulèrent. Une éternité. David, l'air accablé, se tourna ensuite vers ses sœurs. Les trois syllabes qu'il prononça alors lui demandèrent un effort surhumain :

— C'est fini.

3

Garance

À quatre pattes, David scanda, d'une voix mécanique et monocorde, une kyrielle de « pourquoi ». Solène, hurlant de toutes ses forces, s'effondra sur la poitrine de Mathieu et la frappa de ses petits poings. Ses cris, inondés de larmes, témoignaient de son immense chagrin mais aussi de son effroyable culpabilité : ses accusations avaient provoqué l'infarctus de son frère.

Garance aurait pu prendre David et Solène dans ses bras. Enlacés, ils auraient partagé leur peine et se seraient réconfortés. Ensemble, ils auraient attendu que le jour se lève et que se rouvrent les portes de la Casa.

Ce n'est pourtant pas ce qui se produisit.

Incapable de se joindre à leur douleur, Garance chancela jusqu'à Philippe et s'agenouilla près de lui. Elle lui caressa la main et le couvrit de baisers.

— Oh, Philippe ! Je ne sais pas si tu m'entends… Mathieu est…

Une étrange sensation l'empêcha de poursuivre. Les doigts qu'elle serrait entre les siens étaient froids. Glacés.

Instinctivement, Garance colla l'oreille contre le torse de son frère et épia le moindre bruit, le moindre battement.

Elle attendit. Une minute. Deux minutes.

Rien. Un désert sonore.

Une cage thoracique silencieuse.

Le choc fut si brutal que Garance cessa de pleurer.

Elle ferma les yeux. Dans cette obscurité nouvelle, son imagination façonna deux silhouettes. Philippe et Mathieu, vêtus de polos blancs et de bermudas bleus, avaient retrouvé leur corps d'adolescents et la candeur de leur enfance. Ils se postèrent devant leur sœur et la dévisagèrent, un sourire plein de malice sur les lèvres. Sans tenir compte de son désarroi, ils se mirent à rire et à cavaler dans le hall d'entrée. À bout de souffle, ils stoppèrent leur course au milieu du salon et s'empoignèrent pour se battre. Mais leurs gestes se transformèrent aussitôt en étreinte. Ils s'effondrèrent sur le sol et, blottis dans les bras l'un de l'autre, sombrèrent dans un profond sommeil.

Le mirage se dissipa.

Les deux adolescents étaient redevenus des adultes.

Et ils gisaient sans vie sur le parquet de la Casa.

— Je te l'avais dit !

Garance sursauta et regarda autour d'elle.

Qui avait parlé ? Sa mère ? Oui, elle l'aurait juré.

Je te l'avais dit !

Deux ans auparavant, au cours d'un déjeuner en tête-à-tête avec Garance, maman avait exprimé ses craintes au sujet de ses fils :

— Un jour, ces deux-là s'étriperont !

Elle avait tort, se dit Garance. *L'histoire ne peut pas finir ainsi ! Mes frères ne mourront pas ici ! Pas ce soir ! Il faut sortir de cette maison et aller chercher les secours.*

Une énième fois, elle se précipita dans le hall, agita sa carte magnétique devant le tableau de commande, mais le voyant rouge refusa de virer au vert. Folle de rage, elle planta son poing sur le lecteur qui se brisa sans toutefois laisser la porte se déverrouiller.

Il n'y avait plus d'espoir. Garance devait s'y résoudre.

Comment Philippe et Mathieu avaient-ils pu en arriver là ? Était-ce la colère, la rancune, qui les avaient conduits à la mort ? Non. Il y avait sûrement un autre coupable. Un *vrai* coupable.

Garance arpenta le salon. Solène, bien sûr, avait sa part de responsabilité. Mais le cœur de Mathieu n'avait-il pas cessé de battre pour d'autres raisons ? Et ce malaise qui avait paralysé David ? Et cette voix que venait d'entendre Garance ? N'étaient-ils pas en train de sombrer dans la folie ? Ne leur aurait-on pas administré quelque drogue pour les y aider ?

Garance balaya la salle à manger du regard.

Ses yeux se posèrent sur les bouteilles, pour ne plus les quitter.

Le grand cru Belasko.

Tous les cinq en avaient bu beaucoup.

Garance porta un verre à son nez.

Grimace de dégoût.

L'histoire du noah lui revint en mémoire. Maintes fois son père avait raconté le destin de ce cépage blanc hybride venu de l'Illinois. Dans les années 1930, sa culture avait été interdite en France et les vignerons avaient dû arracher tous les pieds qu'ils possédaient sur leurs terres. Ce raisin affichait pourtant de nombreuses qualités : il résistait bien aux maladies, était facile à cultiver et ne nécessitait pas de greffe. Mais, d'après les rumeurs, le vin qui en était tiré rendait fou. À cause de sa haute teneur en méthanol.

Les bouteilles débouchées ce soir par Philippe contenaient-elles un taux d'alcool trop élevé ?

Garance sentit sa tête tourner.

Et si quelqu'un avait empoisonné le vin ? En augmentant la concentration en méthanol pour que les enfants perdent l'esprit, par exemple… Qui aurait pu faire une chose pareille ? Celui, celle, qui avait modifié les accès de la Casa, et résilié le contrat avec la société de protection ? Celui, celle, qui, au mois de janvier, avait *aussi* empoisonné maman ?

Oui. Garance voulait un *vrai* coupable. Elle refusait de croire que ses frères aient pu en arriver là naturellement.

Les nerfs à vif, elle s'empara d'une bouteille et la jeta contre une baie vitrée. Le verre explosa en mille morceaux. Le vin macula les beaux rideaux blancs et coula le long du mur. Le grand cru Belasko et le sang de Philippe se mélangèrent. Garance tomba à genoux et effleura du bout des doigts la flaque rouge qui se formait.

À 19 heures, ils étaient cinq à entrer dans la Casa.

Quelques heures plus tard, ils n'étaient plus que trois.

4

David

Une odeur nauséabonde s'éleva dans la salle à manger. Était-ce celle du vin ? Ou celle du sang ? David ne put se prononcer. Ses sens venaient de se mettre sur pause.

Alarmé par la réaction de Garance, il s'était précipité auprès de Philippe et lui avait saisi le poignet. Il avait espéré une pulsation. Un battement. En vain. Le sang n'affluait plus dans ses veines. La vie avait définitivement quitté ce corps.

David ferma les paupières.

Ne plus *le* voir.

Ne plus *les* voir.

Et, surtout, ne plus voir la mort.

Mais c'était impossible. Car dans cette maison, elle était ici. Là. Partout. Et il avait beau fuir le regard perçant de la dame en noir, il le recroisait aussitôt.

David rouvrit les yeux.

La scène dont il était spectateur était traumatisante. Irréelle.

Couchée sur la poitrine de Philippe, Garance hoquetait.

Dans le salon, Solène s'était blottie contre Mathieu, l'avait enlacé de ses bras, de ses jambes, et le serrait de toutes ses forces.

Les deux femmes n'essayaient même pas d'étouffer leurs cris de chagrin, ce qui amplifiait l'horreur de la situation.

David plaqua les mains sur ses oreilles pour ne plus entendre ces lamentations. Sans effet. Le désespoir des filles était puissant, assourdissant. Plus tard, dans la quiétude d'une soirée d'hiver, cette symphonie retentirait dans sa mémoire, identique à celle de janvier qui, depuis, ne cessait de le hanter. Il se souvenait des gémissements de ses frères et des sanglots de ses sœurs face à leur mère inconsciente. Être témoin de leur infinie tristesse l'avait marqué à tout jamais.

Il regarda sa montre. Le temps ne s'était jamais étiré aussi lentement. David compta les heures qui les séparaient de l'ouverture de la Casa. Mais que pouvait-il attendre de cette libération ? Deux hommes étaient morts. Le mal était fait.

David se redressa et vacilla. Une crampe lui chatouillait les pieds. Il tituba jusqu'à la table de la salle à manger où il s'effondra sur une chaise.

Autour de lui, les cris cessèrent pour se muer en gémissements, discrets. L'un d'eux se rapprocha. David se redressa. Garance, les lèvres sèches et les yeux gonflés, s'assit face à lui. Dans cette mine blanche et décomposée, il imagina son propre reflet.

— Comment en sommes-nous arrivés là, David ?

Il entrouvrit la bouche mais sa sœur ne le laissa pas répondre.

— La maison est-elle maudite ?

— Non, Garance ! Bien sûr que non ! Ce ne sont que des rumeurs, tu le sais.

En prononçant ces mots, David aurait aimé la persuader, mais il ne parvenait même pas à se convaincre lui-même. Maudite ? Oui. Il avait vu les murs bouger, entendu le cœur de la bâtisse battre et senti la maison prête à les engloutir.

— La Casa n'est pas maudite, murmura Solène.

David pivota. Sa sœur se tenait derrière eux, immobile.

— Nous avons été heureux ici, poursuivit-elle. Pourquoi n'en serait-il plus ainsi ?

Garance posa sur Solène un regard consterné.

— Heureux par le passé, certes. Mais à présent, je ne pourrai plus jamais fouler le parquet de cette maison sans penser à la mort.

— Il faudra aller de l'avant et…

— Non, Solène ! Lundi, nous contacterons un agent immobilier et nous mettrons en vente cette maudite baraque !

— Pitié, Garance ! Ne parle pas de vendre la Casa !

— Ne pas la vendre ? Et nous y donner rendez-vous les premiers samedis de chaque mois pour faire la fête ? Et se souvenir sans cesse de cette nuit d'horreur ? De Philippe et Mathieu qui s'entretuent ? De notre mère qui se suicide ? De notre père sur son lit de mort ? Non. Nous ne garderons pas cette maison, Solène. Trop de drames s'y sont déroulés.

— Et les bons moments ?

— Ils seront toujours écrasés par les pires, répliqua Garance.

— À nous d'inverser la tendance !

— Même si nous le voulions, nous ne pourrions pas devenir propriétaires de la Casa. Il nous faudrait pour cela racheter les parts de Mathieu et de Philippe… Toi et moi n'en avons pas les moyens. Non… C'est impossible.

— J'ai des projets pour la Casa, marmonna Solène.

— Vraiment ?

— Oui.

— Je peux savoir lesquels ?

— Poursuivre l'activité viticole de notre père.

Garance leva les yeux au ciel et se força à rire.

— Rassure-moi : c'est une plaisanterie ! Pour détendre l'atmosphère ?

— Pas du tout !

— C'est un défi titanesque, Solène. Qui demande des connaissances et du courage ! Tu n'as aucune notion de viticulture et tu es incapable de travailler. Pardonne ma franchise, mais cette idée est stupide !

Vexée, Solène détourna le regard et chercha dans sa poche son téléphone portable. Elle l'alluma et sembla parcourir des notes. Des arguments pour les convaincre, comprit David.

— Je vais garder les ouvriers de papa, annonça-t-elle. Ils continueront à récolter et à produire le vin et me formeront au métier.

— Comment les paieras-tu ?

— Avec l'argent de l'héritage.

— Et le domaine ?

— Vous pourriez m'en faire crédit en attendant que l'activité trouve son rythme de croisière. D'après mes estimations, l'affaire sera rentable dans deux ans et, dans dix ans, j'aurai suffisamment économisé pour être entièrement propriétaire du domaine.

David resta silencieux. Accorder un crédit à Solène était envisageable, mais lui confier les clés d'une exploitation viticole le laissait dubitatif. Autant donner un couteau à une poule.

— Je m'opposerai à ce que tu poursuives l'activité de notre père, asséna Garance. Non seulement tu te mettrais en danger financièrement mais, en plus, tu salirais notre nom ! Ce projet est voué à l'échec. Aie au moins l'honnêteté de l'admettre !

— N'as-tu pas échoué toi aussi ? Deux fois de suite ?

Le visage de Garance s'empourpra de colère, mais aussi de honte.

— Oui, je l'avoue : j'ai commis des erreurs. Mais j'ai déployé tous les moyens pour éviter le fiasco.

— Les moyens que tu as déployés ? souligna Solène sarcastique. Ou l'argent que tu as volé ?

5

Solène

La neige tombait rarement sur le domaine, mais Solène se rappelait parfaitement les deux hivers où un beau tapis blanc s'était déposé sur le toit de la Casa.

Janvier 1981.

Elle s'était disputée avec Garance pour une histoire de jouet volé. Leur père avait puni celle qu'il estimait coupable: l'aînée. Solène, acquittée, était allée jouer dehors. Elle avait fait un bonhomme de neige, l'avait baptisé « Garance » et s'était amusée à le bombarder de boules.

Décembre 2015.

Solène n'était plus une gamine, pourtant, elle s'était réjouie de revoir la vallée recouverte d'une blancheur immaculée.

Comme chaque année, les Belasko s'étaient réunis à la Casa pour fêter Noël: Mathieu, Laurence et leurs trois enfants, Garance et son époux, Solène et son petit ami de l'époque – Thierry, un journaliste –, David, sa compagne et leurs deux bambins. Seuls Philippe et les siens étaient absents, les années impaires étant réservées à Mathieu. Depuis le mariage de Garance, les deux hommes étaient irréconciliables et refusaient de se retrouver au même endroit, au même moment. Leurs parents avaient accepté, à contrecœur, de les recevoir à tour de rôle.

La soirée avait été douce et joyeuse; le repas, préparé par Thérèse, faste. À minuit, petits et grands s'étaient rués au pied du sapin pour déballer les cadeaux et une mer de papier avait inondé le salon.

Garance, prétextant la fatigue, avait été la première à prendre congé. Suivie quelques minutes plus tard par son époux. À trois heures du matin, les Belasko encore debout s'étaient souhaité bonne nuit, et tous avaient regagné leur chambre.

Le silence s'était abattu sur la Casa.

Le lendemain, Mathieu, Garance, David et leurs familles pliaient bagages. Solène avait prolongé son séjour d'une semaine. Très vite, elle avait constaté l'humeur massacrante de son père. Inquiète, elle avait attendu qu'il soit seul dans son bureau pour le questionner. Papa, ajustant ses lunettes sur son nez, s'était enfoncé dans son fauteuil sans quitter sa fille des yeux.

— On m'a cambriolé.

— Quand ?

— Lors de la veillée de Noël.

Solène connaissait la paranoïa maladive de son père. Aussi, son premier réflexe avait-il été d'émettre des doutes sur ce supposé cambriolage.

— Tu en es sûr ?

— Certain.

— Qu'a-t-on volé ?

— Beaucoup de choses.

— De l'argent ?

— Oui. Entre autres…

Pourquoi gardes tu du cash dans cette maison, papa ? Tu es inconscient !

— Je refuse de confier toutes mes liquidités aux banques ! Je ne leur fais pas confiance !

— Avoue qu'en matière de sécurité ce n'est pas l'idéal. La preuve ! Où était cet argent ?

— Dans le coffre de ma chambre.

— Les caméras ont-elles enregistré quelque chose ?

— Non. Il n'y en a pas à l'étage.

— C'est vrai… Pourquoi n'en mets-tu pas ?

— Pour préserver une certaine… intimité. Choix que je commence sérieusement à reconsidérer.

— Le coffre a-t-il été fracturé ?

— Non. Il n'était pas fermé.

— Pardon ?

— Il déconnait depuis plusieurs jours. J'avais demandé à Paul d'en acheter un nouveau, mais il ne s'en était pas encore occupé. Le pauvre… Je le sollicite tellement.

Perplexe, Solène s'était mise à réfléchir avant de formuler ses interrogations.

— Comment un cambrioleur aurait-il pu s'introduire chez nous ? Disposait-il d'un passe pour déverrouiller le portail et la porte d'entrée ? Et même s'il en possédait un, aurait-il pu échapper à la vigilance des caméras ?

— Non. Impossible. J'ai demandé aux agents du service de sécurité de visionner les enregistrements de la nuit du 24 décembre. Ils sont formels : personne ne s'est introduit dans le domaine. Ni dans la Casa.

— Ce qui signifie…

— Que le cambrioleur était parmi nous. Oui.

Un long silence avait suivi avant que Solène éclate de rire.

— Tu plaisantes ?

— Pas du tout.

— Qui suspectes-tu ? Paul ?

— Paul ? Me voler ? Allons, Solène ! C'est le plus honnête d'entre nous !

— Qui alors ?

— L'un de mes enfants.

Que son père accuse si facilement un membre de la fratrie avait alarmé Solène. Elle devait se blanchir de tout soupçon sur-le-champ.

— Je te jure que ce n'est pas moi. Jamais je n'aurais fait une chose pareille.

— Ne t'inquiète pas. J'ai confiance en toi. En David aussi. Il n'a pas besoin d'argent. Il est bien plus riche que moi.

— Mathieu ?

— Ou Garance. En voilà une qui ne cracherait pas sur quelques milliers d'euros.

Solène avait tressailli. Imaginer sa sœur voler ses parents la révulsait. C'était inconcevable. Non : Garance ne pouvait pas être aussi vénale.

Et pourtant…

6

Garance

— Tu me soupçonnes d'avoir volé de l'argent dans le putain de coffre de papa ?

— Oui. Et, comme par hasard, un mois plus tard, tu acquérais ton second restaurant à Lyon !

Garance secoua la tête. Comment réagir face à de telles accusations ? Devait-elle se défendre ? Elle élimina aussitôt cette option. Mathieu avait tenté de clamer son innocence. Pour quel résultat ? Consternée, elle se leva de table et toisa Solène.

— Je vais faire comme si je n'avais rien entendu et mettre cette calomnie sur le compte du chagrin et du traumatisme.

— Ça n'a rien à voir ! Les faits sont là ! Nos parents ont été cambriolés en 2015, lors de la veillée de Noël et papa a porté ses soupçons sur toi.

— Tu mens, Solène ! Comme d'habitude ! Papa n'aurait jamais imaginé une seule seconde que je puisse le voler.

— Si ! Il en parle d'ailleurs dans sa lettre. Je n'ai rien dit lorsque nous l'avons lue tout à l'heure, mais il faudrait être stupide pour ne pas comprendre !

Solène tendit le bras et attrapa le morceau de papier roulé en boule sur la table. Elle le défroissa et le parcourut rapidement. Ses yeux s'arrêtèrent sur ces mots qu'elle lut à haute voix :

« *La neige tombait sur cette nuit où l'une de vous a franchi la plus abjecte des limites.* »

— Cette phrase ne prouve en rien mon implication ! hurla Garance. Et puis pourquoi moi ? Je n'étais pas la seule femme présente à la Casa ce soir-là.

Avec frénésie, elle les énuméra sur ses doigts.

— Cinq, annonça-t-elle dans un rire nerveux. Et trois de plus, si je compte les domestiques ! Huit femmes au total et vous me désignez comme étant la coupable ? Sans la moindre preuve ? J'espère que tu ne seras jamais jurée dans un tribunal, Solène. Tu risquerais d'envoyer un paquet d'innocents derrière les barreaux !

— Si ce n'est pas toi, qui ?

— Thérèse. Ou Marion, la femme de ménage.

— Pourquoi notre père a-t-il écrit « *l'une de vous* » ?

— Il considérait ses domestiques comme des membres de la famille à part entière.

— Arrête, Garance ! Tes arguments ne tiennent pas la route.

— Et pourquoi pas l'un des enfants de David ? Liam était petit à l'époque. Il aura vu le coffre ouvert, se sera amusé avec les bijoux et…

Offusqué, David eut beaucoup de mal à contenir son irritation.

— Je rêve ou tu accuses mon fils ?

Solène fit signe à David de se calmer et s'adressa froidement à sa sœur :

— Qui t'a dit que le coffre contenait des bijoux ?

— Toi-même. À l'instant !

— Je n'ai évoqué que de l'argent liquide.

Et tu as ajouté : « Entre autres » !

— « Entre autres » ne veut pas dire « bijoux », souligna David.

— Tu ne vas pas m'accuser toi aussi ?

— Ça ne t'a pas gênée d'accuser mon fils.

— Il était si petit… À cet âge-là, une bêtise est vite arrivée.

— Liam ne serait jamais allé dans la chambre de ses grands-parents pour jouer avec les bijoux d'un coffre-fort.

Garance haussa les épaules et se mordit la lèvre inférieure. Incriminer un enfant, elle devait le reconnaître, avait été maladroit.

— Mathieu aurait pu faire le coup!

Dans ses veines, Garance sentit couler la satisfaction. Mathieu qui cambriole ses parents pour honorer ses dettes liées à la drogue? Oui, cette version était crédible. Mais une autre l'était plus encore.

— Et pourquoi le voleur ne serait-il pas ton petit ami de l'époque, Solène?

— N'importe quoi!

— Comment s'appelait-il déjà?

— Ne change pas de sujet…

— Je ne change pas de sujet. J'essaie de démasquer le *vrai* coupable et, par la même occasion, de m'innocenter. Laisse-moi réfléchir… Ah oui! Thierry! Journaliste au *Midi libéré*, quotidien fascinant pour qui porte un quelconque intérêt aux chats écrasés. Tu devrais lui parler de cette biche que tu as tuée. Il pourrait consacrer une pleine page à ce fait divers et serait sans doute fier de toi.

— Tais-toi, Garance!

— Pourquoi? Ah oui, pardon! Vous n'êtes plus ensemble. Il t'a plaquée. Comme tous les autres.

— Si tu veux qu'on règle nos comptes dans les journaux, pas de problème! Dès que nous serons sortis de cette maudite baraque, j'appellerai Thierry pour lui raconter comment une femme a osé voler ses propres parents. Ça fera un très bel article!

— Tes menaces ne m'impressionnent pas. De toutes façons, le journal de ce pauvre type n'intéresse personne!

— Il confiera le sujet à l'un de ses confrères. Il connaît du monde, tu sais. Je vois déjà le gros titre: « La cheffe Garance Villiez-Belasko cambriole la maison familiale. »

La vérité se répandra comme une traînée de poudre et détruira ce qui reste de ta réputation.

Stupéfaite, Garance ne quitta plus sa sœur des yeux.

— Une traînée de poudre ? Comme celle répandue par Les Étoiles ?

Un an plus tôt, un article assassin sur un site Web influent – Les Étoiles – avait brisé la carrière de Garance. Le journaliste déplorait le manque d'hygiène de La Table d'Œdipe, émettait des doutes quant à la traçabilité des matières premières et, surtout, livrait le témoignage glaçant d'un ancien commis de cuisine. Xavier, dix-huit ans, décrivait les conditions déplorables dans lesquelles il avait exercé son métier. Il dépeignait de la cheffe Villiez-Belasko un portrait ignoble. Mais le pire était les accusations qu'il lui portait. Il affirmait que sa patronne l'avait giflé à plusieurs reprises, mais qu'un chantage abject l'avait empêché de la dénoncer.

Après ces révélations, la chute des notes sur les sites spécialisés ne s'était pas fait attendre. Avaient suivi les critiques virulentes sur Internet, la lapidation sur les réseaux sociaux et la baisse des réservations.

Cette tempête médiatique avait dynamité la réputation de Garance.

— C'était donc toi, Solène, à l'origine de cet article !

— Pas du tout !

— Tu as demandé à Thierry de le rédiger. Puis il l'a adressé au site Les Étoiles grâce à ses relations… Avez-vous, aussi, soudoyé le commis de cuisine pour obtenir de fausses déclarations ?

— Quoi ?

— Quel était ton but ? Tu voulais ma perte, c'est ça ?

Solène, décontenancée, ne put articuler un mot pour assurer sa défense.

Garance vit ses belles années défiler devant elle. Ce métier qu'elle aimait tant. La considération de ses pairs dont elle avait tant rêvé. Ce succès qui était sien.

Elle avait tout perdu à cause de quelques lignes dictées par sa sœur.

Cette femme avait ruiné sa carrière.

Elle avait été capable du pire.

« *La neige tombait sur cette nuit où l'une de vous a franchi la plus abjecte des limites.* »

Garance se figea. Et si cette phrase ne sous-entendait pas le vol mais un autre événement ?

Tandis que les pièces du puzzle s'assemblaient peu à peu, une scène se rejoua dans sa mémoire, une nuit cauchemardesque durant laquelle la neige avait recouvert les rues de Lyon. Cet épisode avait été le point de départ d'une longue descente aux enfers.

Oui. Solène avait été capable du pire.

Par pure jalousie.

Garance contourna la table, s'approcha de sa sœur et la gifla.

Solène resta interdite. Une marque rouge enflamma sa joue.

Son air apitoyé fit perdre à Garance son sang-froid. Elle agrippa sa sœur par les cheveux et la plaqua violemment au sol. Solène essaya de se débattre. En vain. Elle ne pouvait lutter contre la colère qui déferlait sur elle.

Garance rassembla ses mains autour du cou de sa sœur. Elle serra, doucement d'abord, puis plus fort, sans tenir compte des supplications de sa victime. Par ce geste, ce n'est pas Solène qu'elle voulait faire taire, mais les voix dans sa tête qui lui rappelaient sans cesse son échec.

Elle resserra encore son étreinte.

Sa respiration se bloqua.

Sa vue se brouilla et la gueule broyée de la biche dansa devant elle.

Le courage de tuer, elle l'avait eu une fois.

Alors pourquoi pas deux ?

7

David

David voulut se jeter sur Garance, mais un sifflement lui perça les tympans et l'immobilisa. Ses mains devinrent moites, les images autour de lui confuses. La sueur coula sur ses tempes. Ses jambes, du coton, incapables de le supporter une seconde de plus, l'abandonnèrent. Il s'écroula. Sa tête heurta le parquet. Une nuée d'étoiles s'envola au-dessus de lui. Fébrile, il glissa une main tremblante dans ses cheveux. Une texture gluante colla ses doigts. Du sang. Il tenta de se relever, mais une force étrange l'en empêchait.

Épuisé, David lâcha prise. Le bourdonnement dans ses oreilles cessa enfin et fut remplacé par une comptine lointaine, récitée d'une voix chevrotante. Il releva la tête avec difficulté et découvrit, au fond du salon, une forme éthérée qui flottait à quelques centimètres du sol. Ses déplacements étaient gracieux mais plus elle approchait, plus elle semblait menaçante. Elle n'était qu'à une dizaine de pas lorsque David l'identifia : maman. Elle portait une chemise de nuit en soie blanche, sa préférée. Sa chevelure virevoltait autour de ses épaules, ses yeux bleus étaient vitreux et son teint, si pâle, la rendait presque transparente. Elle posa un regard désespéré sur les dépouilles de ses fils, puis, hagarde, se dirigea vers ses filles. En voyant les mains de Garance nouées autour du cou de Solène, elle se figea. Puis se retourna brusquement vers David.

Elle se pencha sur lui et ouvrit la bouche, d'où sortit un cri inhumain. Strident. Glaçant.

Pour le couvrir, David se boucha les oreilles et hurla. Il demeura ainsi, les yeux fermés, aussi longtemps qu'il le put. Mais l'oxygène commença à lui manquer et il dut se calmer pour reprendre sa respiration. Lorsqu'il rouvrit les yeux, le fantôme avait disparu. Il ne restait que des plaintes, des bruits de lutte et une voix étouffée qui tentait de raisonner celle qui s'apprêtait à commettre l'irréparable.

David devait agir.

Il se releva mais trébucha aussitôt. Le vrombissement assourdissant était revenu, le privant d'équilibre.

Tout espoir de sauver Solène était perdu.

Soudain, la douleur dans sa poitrine le quitta. David se sentit plus léger. Si léger, qu'il décolla et vola au-dessus du salon. En apesanteur, il vagabonda dans la Casa et l'appréhenda sous un autre jour. Mais le spectacle qui se tenait dans la salle à manger le ramena à la triste réalité : Garance, ivre de rage, étranglait Solène.

Électrochoc.

Puis une chute interminable.

Lorsque cette atroce sensation prit fin, David se retrouva à quatre pattes sur le parquet.

Était-il en train de devenir fou ? Les événements auxquels il assistait étaient-ils réels ? Quel était ce lieu ? Était-ce bien la maison de leur enfance, celle qu'ils avaient connue, aimée, choyée ?

Non. La Casa avait disparu dans les tréfonds de la terre et mené les enfants dans un autre monde. Un monde où la haine triomphe. Où des frères et des sœurs volent la vie des leurs. Où la mort emporte tout sur son passage.

La Casa, cocon familial rempli d'amour, n'existait plus.

Où étaient-ils alors ?

Au purgatoire.

Une ultime chance leur avait été donnée : se pardonner.

Mais aucun d'entre eux ne l'avait saisie.

Une nouvelle fois, l'âme de David s'éleva dans les airs. Cet état aurait pu lui procurer douceur et apaisement. Il n'en fut rien. Il allait perdre l'esprit. Ou mourir. Cette seconde hypothèse était la plus plausible. Si tel était le cas, lorsque la faucheuse lui tendrait la main, il la prendrait sans hésiter. Mourir était, en définitive, la meilleure chose qui puisse lui arriver.

Acte V

« J'aurai tout fait pour vous protéger. »

La lumière déclina et le parc de l'hôpital se para de lueurs irréelles. Le crépuscule se teinta d'ocre et de rouge ; le ciel prit feu. Des flammes dévoraient les nuages, brasier que seul le coucher du soleil serait capable d'éteindre. L'enfer et le paradis avaient échangé leur place. Une mise en scène parfaite pour accompagner la fin de l'histoire des Belasko.

Le capitaine se dirigea vers l'interrupteur en regardant sa montre. Son épouse devait s'inquiéter. Il aurait pu l'appeler ou lui envoyer un message pour la prévenir de son retard, mais il n'en éprouva pas l'envie. Rien ne pouvait le distraire du récit qui se déroulait.

Mentalement, il dénombra les morts.

Trois.

En quinze ans de carrière, Jouvry ne s'était jamais retrouvé confronté à une telle affaire. Bien sûr, il avait déjà enquêté sur des drames familiaux : un père au bord de la faillite qui assassine femme et enfants puis planque les corps sous la terrasse de la maison, une mère qui prostitue sa fille pour subvenir à ses besoins, un couple qui séquestre et viole l'ensemble de sa progéniture… Mais une tragédie comme celle des Belasko ? Non.

Les émotions non exprimées ne meurent jamais. Elles sont enterrées vivantes et libérées plus tard de façon plus laide.

Plus laide. Mais aussi plus violente. Plus radicale.

Irréversible.

Cette nuit, chez les Belasko, des secrets avaient été dévoilés : un enfant illégitime, des problèmes de violence conjugale et de drogue, un vol dans un coffre-fort, un article assassin commandité par une tierce personne.

Ces révélations avaient eu de lourdes conséquences.

Mais tout cela était-il vrai ?

Et si tel n'était pas le cas ?

Jouvry observa la silhouette qui pleurait en silence. Bien que Florence ait attesté de la véracité des événements grâce aux enregistrements de vidéosurveillance, il éprouvait des difficultés à adhérer totalement au témoignage qu'il recueillait. Pourtant, en début d'interrogatoire, le capitaine avait annoncé – avec beaucoup de fierté – être capable de discernement. Mais les histoires familiales constituent les dossiers les plus épineux. Gangrenées par la rancune et la jalousie, elles peuvent donner du fil à retordre au meilleur des enquêteurs.

Songeur, Jouvry s'appuya contre la fenêtre ouverte, croisa les bras et relança la conversation :

— Chaque famille possède des secrets. La vôtre semblait exceller en la matière.

Ces mots furent prononcés avec beaucoup de mépris et le capitaine regretta aussitôt le ton qu'il venait d'employer. Il allait présenter ses excuses lorsqu'on lui répondit :

— Des secrets. Des cachotteries. Des mensonges. Dans tous les cas, ce sont eux qui nous ont conduits au drame.

— Vous dites que votre père était énigmatique. Que de nombreux sujets étaient tabous à la maison.

— Nous avons grandi dans un environnement empli de mystères. Il ne fallait jamais parler de notre passé. Ni de nos ancêtres. Nous avions le sentiment d'être les seuls survivants d'une longue lignée.

Le capitaine repensa à l'incendie criminel de la Casa maquillé en accident. Que cachait André Belasko avec autant d'ardeur ? Quelles étaient ses motivations ? Voulait-il protéger ses enfants ? Si oui, de quoi ? Ou, plutôt, de qui ?

— Pourquoi votre père agissait-il ainsi ?
— Il avait honte.
— Honte de ?
— Hier encore, je n'aurais pas pu répondre à cette question. Mais cette nuit, j'ai pris connaissance de faits que j'aurais préféré ne jamais découvrir… Et j'ai compris que notre père avait eu raison de nous taire la vérité.
— À quel sujet ?
— Une malédiction.
Le capitaine, agacé de ne pas obtenir d'explication rationnelle, haussa les sourcils.
— C'est ce que vous affirmez depuis le début de notre échange. Une maison maudite. Du vin maudit.
— Non, capitaine. Ni la maison ni le vin. C'était…
On frappa à la porte.
Une infirmière apparut dans l'encadrement, sourire aux lèvres.
— Je n'ai pas voulu vous déranger pour le repas du soir, mais je vois que votre discussion s'éternise… Vous devez avoir faim !
Sans attendre de réponse, elle attrapa un plateau sur un chariot roulant et entra dans la chambre, une odeur de soupe dans son sillage.
— Il faut manger pour reprendre des forces. Voici votre repas et vos médicaments !
— Je ne veux pas de médicaments.
— On ne vous demande pas votre avis.
L'infirmière se tourna vers le capitaine.
— Pouvez-vous nous laisser quelques minutes ?
— Bien sûr !
Jouvry s'éclipsa dans le couloir avec son téléphone portable. La liste des appels en absence était longue. La plupart provenaient de Florence. Si elle insistait autant, c'est qu'il fallait la recontacter de toute urgence.
— Tu as cherché à me joindre, Flo.

— Oui ! Je désespérais de vous entendre.

— Je ne voulais pas être interrompu.

— Vous avez terminé ?

— Non. À ce rythme, je vais passer la nuit dans cette chambre. Et toi ? Du nouveau ?

— Oui ! Du lourd ! Je garde le meilleur pour la fin, d'accord ?

— Si tu veux…

— Je me suis entretenue avec le légiste qui a autopsié le corps de Mme Belasko au mois de janvier. Pour lui, aucun doute : cette femme s'est suicidée. Son estomac était rempli d'anxiolytiques et de somnifères.

— Ça commence mal…

— Attendez ! J'ai ensuite contacté son psy. Il m'a confirmé que Mme Belasko avait eu des pensées suicidaires, mais que, depuis plusieurs semaines, elle était déterminée à remonter la pente.

— Pour soutenir son époux condamné ?

— Exactement ! Vous êtes perspicace !

— Non, on vient de me le dire. Mme Belasko avait retrouvé la rage de vivre. Elle voulait accompagner son époux jusqu'à son dernier soupir.

— Tout à fait ! Et vous savez quoi ? Le psy n'a jamais cru à la théorie du suicide.

— Merde !

— Pour enfoncer le clou, il a reçu, en février, un coup de fil de M. Belasko qui voulait le rencontrer. Le docteur s'est rendu à la Casa et les deux hommes ont longuement discuté. Ils en sont arrivés à la même conclusion : Mme Belasko avait été empoisonnée.

— Il faut absolument qu'on planche sur cette piste…

— C'est prévu. Dès qu'on aura attaqué l'autre.

— Laquelle ?

— Celle de Paul Martin.

— Vous avez pu lui parler ?

— Non. Nous lui avons téléphoné plusieurs fois. Pas de réponse. Nous avons donc décidé de lui rendre visite dans son appartement du centre-ville. Sa voiture était garée au pied de l'immeuble. Nous avons sonné à l'interphone. Pas de réponse non plus. Une voisine a accepté de nous ouvrir. Nous avons tambouriné à la porte. Personne ! Alors nous sommes entrés. L'homme était dans son salon. Mort.

— Quoi ?

— Vous avez bien entendu, capitaine ! Paul Martin, notre suspect numéro un, s'est pendu chez lui, aujourd'hui même.

1

David

Des bouffées de chaleur.

Des crampes dans les mains.

La bouche sèche.

Et des tremblements incontrôlables.

Une lumière crue aveugla David et une odeur nauséabonde parvint à ses narines. Il l'identifia sur-le-champ. L'urine. Machinalement, il porta la main à son pantalon. Son entrejambe était humide, sa perte de conscience ayant entraîné un relâchement total de sa vessie.

Honteux, il replia les genoux sur sa poitrine. Dans cette position du fœtus, il se sentit rassuré, hors de danger. Il s'imagina dans le ventre de sa mère, simple embryon incapable de subir les affres de la peur ou de la tristesse. Il demeura ainsi un long moment, étranger à la notion de temps qui passe. Seules ses larmes égrenaient les secondes en frappant le parquet d'un tic-tac régulier.

Puisant dans ses maigres ressources, il effectua un mouvement de bascule et s'agenouilla. Autour de lui, les formes ne cessaient de se dédoubler. Agacé d'être aussi affaibli, David se gifla. La mise au point se fit.

Une douleur lui cingla le dos. L'espace d'un instant, il redouta que ses vertèbres restent scellées entre elles et l'empêchent de se tenir debout. Sa colonne se déploya finalement dans un craquement qui lui arracha une grimace. Enfin sur pieds, il massa ses jambes lourdes et paralysées avec vigueur, puis serra les poings pour chasser les fourmillements dans ses mains. Du bout des doigts, il caressa son arcade sourcilière : il s'était blessé en tombant. Du sang coagulé regroupait les poils en paquet, mais la coupure semblait superficielle.

La crise de panique était terminée, mais elle avait semé ses effets secondaires : une oppression dans la poitrine, des membres engourdis, des gestes lents et maladroits. Et un immense désespoir.

Abattu, David se frotta les yeux et balaya la pièce du regard.

Où étaient ses frères et sœurs ?

Quel était son dernier souvenir ?

Il se concentra et, lorsque les images jaillirent, un étrange pressentiment l'envahit : n'avait-il pas rêvé ?

Cette sensation se mua peu à peu en certitude.

Oui. Les drames survenus ce soir n'étaient que les composants d'un cauchemar dont David venait de s'éveiller.

Si ces événements n'appartenaient pas à la réalité, alors Mathieu était encore en vie et son corps inanimé ne reposait pas sur le parquet du salon. Convaincu par cette théorie, David, le cœur plus léger, contourna la table basse mais étouffa un cri en découvrant son frère, mort, gisant au pied du canapé.

En état de choc, il chancela jusqu'à la salle à manger.

Deux silhouettes étaient couchées sur le sol. L'une d'elles était Philippe, le visage tuméfié, la tête auréolée d'une flaque rouge. Près de lui, Solène, la bouche ouverte et les yeux exorbités. Garance se tenait à sa droite. Elle l'avait enlacée et la couvrait de baisers, mais sa sœur demeurait insensible à ces marques d'affection.

— Qu'as-tu fait, Garance ? murmura David.

Elle se redressa en affichant une moue candide et haussa les épaules. Sa voix, méconnaissable, ressemblait à celle d'une gamine qui avoue avoir commis une bêtise.

— Je ne l'ai pas fait exprès. C'était un accident.

Cette réponse estomaqua David. Garance réduisait le meurtre qu'elle avait perpétré à un banal *accident*.

Terrifié par tant de froideur, il recula d'un pas. Sa sœur se leva et, menaçante, approcha de lui.

— Lorsque les policiers nous interrogeront, David, tu leur expliqueras que je me suis défendue. Que Solène m'a attaquée.

— Hors de question ! Je leur dirai la vérité… Que tu as étranglé ta propre sœur… Pour la simple et unique raison qu'elle avait sali ta réputation…

— Solène a eu ce qu'elle méritait !

— Tu l'as tuée, Garance.

— Elle m'a tuée la première. Tu me vois, je suis là, face à toi, mais il ne reste rien de celle que j'étais. Je ne suis qu'une coquille vide. Un corps sans âme. À l'intérieur, je suis morte, David. Depuis très longtemps.

— Non…

— Solène ne supportait pas ma réussite. Elle a ruiné ma vie, ma carrière. Sa jalousie l'a poussée à faire des trucs horribles. Oui, horribles… Oh, si tu savais…

S'il pouvait comprendre le désespoir de Garance, David refusait de cautionner ses actes. Être trahi par un frère ou une sœur est la plus grande des offenses, mais céder à la haine et assassiner l'un des siens était impardonnable.

L'air agressif, Garance se rapprochait toujours plus.

Elle ne se trouvait qu'à quelques pas lorsque David tendit instinctivement les bras devant lui pour se protéger. Contre toute attente, sa sœur le contourna sans même un regard. La lettre roulée en boule dans la main droite, elle tituba jusqu'au bureau de son père et ferma doucement la porte derrière elle.

À présent seul dans le salon, David s'effondra, obnubilé par la plus atroce des pensées : Garance était dangereuse. Elle venait de tuer sa sœur de sang froid. S'en prendrait-elle à son frère pour l'empêcher de témoigner contre elle ?

David n'avait aucune réponse à fournir à cette question, mais il était certain d'une chose : s'il voulait rester en vie, il devait fuir la Casa au plus vite.

2

Garance

Entre ces murs, plus de peurs ni de pleurs. L'atmosphère feutrée du bureau était propice à l'apaisement. Mais les odeurs de tabac qui flottaient dans l'air – derniers vestiges du passage d'André Belasko sur cette terre – submergèrent Garance de mélancolie.

Hagarde, elle déambula dans la pièce. Une boîte de Cohiba attira son attention. Elle l'ouvrit, choisit un cigare et le fit tourner entre ses doigts. Avec un briquet en argent, elle l'alluma et le porta à ses lèvres. Elle inhala la fumée et toussa. Le goût âcre du tabac lui souleva l'estomac.

Elle se laissa choir dans le fauteuil club, posa les bras sur les accoudoirs et tendit les jambes devant elle. Son corps lui semblait vide. Étranger. Son âme y logeait-elle encore ou avait-elle levé les voiles en quête d'une autre enveloppe charnelle à habiter ? Était-ce bien elle, Garance, sous cet amas de chair et de sang ? Elle qui venait d'étrangler Solène ?

Oui.

Elle l'entendait encore implorer le pardon et la clémence.

Elle se rappelait encore son regard ivre de supplication.

Elle sentait encore ses doigts resserrer leur étreinte puis ses mains, plaquées sur les joues écarlates de sa sœur, faire pivoter la tête d'un geste sec.

Un craquement avait suivi. Et Solène s'était tue. À tout jamais.

Garance sonda son cœur et n'y trouva aucun regret, aucun remord. Elle refusait d'endosser le rôle de la coupable. Dans cette histoire, il n'y avait qu'une seule victime : elle. Quant à Solène, elle avait eu ce qu'elle méritait. Un châtiment à la hauteur de ses péchés.

Garance s'enfonça dans le fauteuil et bascula la tête en arrière. Le plafond se mit à tournoyer au-dessus d'elle. Quelques éclats blancs scintillèrent devant ses yeux.

Indéniablement, elle avait fait le bon choix.

Et si, à l'avenir, le moindre doute s'immisçait en elle à ce sujet, elle n'aurait qu'à baisser les paupières et déterrer un infâme souvenir. Celui qui, aujourd'hui, l'avait poussée à agir.

Garance bâille devant l'écran de son ordinateur. Des dizaines de factures, classées en fonction des échéances de paiement, jonchent son bureau. Certains fournisseurs ont accepté de lui accorder des délais supplémentaires ; d'autres ont refusé et appliquent les pénalités de retard qui ne cessent de gonfler. La trésorerie est tendue. La Table d'Œdipe doit rapidement faire ses preuves, sinon la banque ne suivra plus. Mais Garance reste optimiste. Sur Internet, les sites spécialisés commencent à promouvoir son restaurant et deux week-ends affichent complet ce mois. Le succès sera au rendez-vous, elle le sait.

Coup d'œil sur son téléphone portable. Thierry, inquiet, l'a appelée plusieurs fois. Elle rédige un bref texto à son intention : « J'arrive dans trente minutes. »

Garance s'active. Elle remplit quelques chèques, envoie un e-mail à son service comptable, passe plusieurs commandes. Ses paupières sont lourdes et une douleur insoutenable lui broie les omoplates. Éreintée, elle range finalement ses dossiers, éteint les lumières et se faufile à l'extérieur par la porte des cuisines.

« Bonne nuit Œdipe », dit-elle en souriant.

Elle noue son écharpe, enfile ses gants et se met en route.

Quinze minutes de marche, chaque soir et chaque matin, dans les rues désertes de Lyon. Pour se ressourcer. Et oublier la rudesse du quotidien.

La neige tombe délicatement sur les pavés. Le ciel teinté de violet et les lumières orange des réverbères confèrent à cette nuit une atmosphère irréelle.

Garance ouvre la bouche, tire la langue et s'amuse des flocons qui s'y déposent.

Mais un bruit l'interrompt.

Elle sursaute, se retourne et soupire de soulagement en découvrant un chat bondir d'une poubelle.

Elle poursuit sa route.

Elle n'est plus qu'à quelques mètres de chez elle lorsqu'un poids s'abat sur sa nuque.

Ensuite, les images sont floues.

Garance vacille et perd connaissance. On la secoue pour la tirer de sa torpeur. Elle reprend ses esprits.

Allongée sur le bitume, elle sent une flaque d'eau tremper son manteau. L'humidité gagne son dos. Elle grelotte de froid et, surtout, de peur.

Deux hommes cagoulés et vêtus de noir se tiennent devant elle.

Garance cède à la panique. Elle aimerait se relever mais elle est paralysée. Elle voudrait raisonner ces deux hommes, mais elle reste muette.

Un poing frappe sa joue.

Un autre s'enfonce dans son ventre.

Elle étouffe.

Un goût de sang inonde sa bouche.

Une douleur effroyable broie son crâne.

Au bout de la rue, Garance distingue les contours d'une silhouette. Lueur d'espoir. Elle appelle au secours, mais sa voix meurt dans sa gorge. Une main gantée se plaque sur sa bouche. La silhouette s'évanouit.

Les coups déferlent sur Garance. Son corps et son visage sont réduits en bouillie.

Les deux hommes sont organisés. Méthodiques. Silencieux.

Quand l'un se fatigue, l'autre le relaie.

Et ça dure une éternité.

Durant tout son passage à tabac, Garance est consciente. Le plus terrible est ce bruit d'os qu'elle entend. Puis cette douleur qui irradie son bras droit. Comment fera-t-elle pour travailler ? Comment pourra-t-elle sauver Œdipe ?

Soudain, les violences cessent.

Garance, maintenue en l'air par l'un de ses agresseurs, est relâchée sans ménagement. Sa tête heurte le bitume. Une chaussure noire s'approche dangereusement.

Garance est terrifiée. Elle sait qu'elle va mourir.

— On appelle le Samu ?

— Ouais. C'est ce qu'elle nous a dit de faire.

Les deux hommes s'éloignent. Le bruit de leurs talons est étouffé par le tapis de neige qui a recouvert la rue pavée.

Un long silence suit.

Puis le hurlement des sirènes.

Les lumières des gyrophares.

Un masque à oxygène.

Les mots réconfortants d'un ambulancier.

Trou noir.

Garance se réveille à l'hôpital. Thierry est à son chevet. Il l'embrasse tendrement et la rassure.

« C'est fini. Tu es en sécurité maintenant. »

Le lendemain, un policier lui rend visite pour prendre sa déposition. Une fois le témoignage recueilli, il ne peut cacher son étonnement : « Se balader seule, dans la rue, à une heure si tardive, ce n'est pas très prudent, non ? »

Un mois après son hospitalisation, et contre l'avis des médecins, Garance avait repris le travail. Le bras droit dans le plâtre, elle s'était démenée pour sauver Œdipe. Mais le souvenir de son agression la hantait et l'avait peu à peu entraînée sur le chemin de la dépression. Les révélations du site Web Les Étoiles avaient porté le coup de grâce. La réputation de la cheffe Villiez-Belasko était salie. Garance avait sombré. La Table d'Œdipe avait mis la clé sous la porte et Antigone s'était éteinte quelques mois plus tard.

Avec l'aide d'un psychologue, Garance avait tenté de dissiper les images de cette nuit d'horreur. Malgré ses efforts, elles persistaient. Pire : certains détails émergeaient des ténèbres. Comme ces mots prononcés par l'un des deux hommes : *C'est ce qu'elle nous a dit de faire.*

L'attaque avait été commanditée. Par quelqu'un qui ne supportait pas la réussite de Garance. Quelqu'un de profondément jaloux, qui voulait sa chute.

Mais ce plan diabolique avait échoué. Garance, blessée dans son corps et dans son âme, ne s'était pas avouée vaincue et était retournée au travail. Elle s'était battue. Comme d'habitude.

Il fallait qu'elle tombe une bonne fois pour toutes.

Un article assassin avait alors été rédigé par un journaliste sans scrupules, sans doute grassement payé par une femme monstrueuse.

Et l'empire de la cheffe Villiez-Belasko s'était effondré.

C'est ce qu'elle nous a dit de faire.

Garance n'avait jamais pu mettre un visage sur ce *elle*.

Avant ce soir.

Un visage poupon, angélique.

Puis rougi et gonflé par la douleur.

Garance se redressa dans le fauteuil club et se mit à rire.

Ce *elle*, c'était Solène.

3

David

L'oreille contre la porte, David écoutait. Pas un bruit ne s'échappait du bureau où s'était réfugiée Garance. Devait-il frapper et l'implorer de quitter sa tanière ? Devait-il la serrer dans ses bras, lui assurer que tout irait bien et, qu'ensemble, ils sortiraient sains et saufs de cette maison ? Oui. Voilà ce qu'il aurait dû faire. Mais David en était incapable. Depuis qu'elle avait rompu le cou de Solène, Garance le terrifiait. À l'instar de Mathieu, elle avait été capable du pire : tuer l'un des siens.

Pouvait-elle s'en prendre à son frère, unique témoin de son crime ?

Cette hypothèse effraya David. Il tourna les talons et tenta de se rassurer : tant que sa sœur restait enfermée dans ce bureau, il ne risquait rien.

Il refusait toutefois de passer une heure de plus entre ces murs.

Il fallait sortir de cet endroit maudit.

Oui, mais comment ?

David déambula dans le salon à la recherche d'une solution. La Casa, merveille d'architecture et de modernité, disposait-elle d'un passage secret vers l'extérieur ? Si oui, où se trouvait-il ? La réponse résidait peut-être dans l'objet qui attira soudain l'attention de David : la reproduction du domaine réalisée par son père. Il ôta la cloche en verre et détailla la maquette. Un travail d'une précision remarquable. Tout avait été miniaturisé avec exactitude. Le jardin paysager était représenté à l'identique ; chaque arbre était à sa place. L'agencement de l'intérieur de la Casa était, lui aussi, d'une fidélité extrême. On distinguait même, à travers les baies vitrées en plexiglas, les meubles et tableaux qui décoraient chaque pièce.

David colla un œil contre le quatrième soupirail et ce qu'il devina fit bondir son cœur dans sa poitrine.

Délicatement, il retourna la maquette et tapota la planche en bois qui servait de support. Le fond était creux.

David glissa la lame d'un couteau entre le socle et les cloisons en balsa. Les petits clous bondirent de leurs emplacements les uns après les autres et révélèrent la partie semi-enterrée de la maison. Elle était composée de deux espaces séparés par un mur : la cave voûtée à laquelle on accédait par l'extérieur et une autre pièce énigmatique où seul un détail était matérialisé : un escalier. Ses marches prenaient leur origine dans le salon, devant la cheminée. Était-ce « l'antichambre du démon » dont papa interdisait l'accès ? Si oui, elle abritait sans doute le quatrième soupirail par lequel David pourrait s'enfuir.

Surexcité, il posa la maquette sur le canapé et s'élança vers le foyer. D'un geste brusque, il souleva le tapis persan et, à sa grande stupeur, découvrit une trappe. Un anneau encastré dans le sol indiquait qu'elle était jadis verrouillée à l'aide d'un cadenas. David essaya de la faire pivoter, mais elle lui échappa. Avec un pic à feu, il fit levier et un morceau de parquet se souleva dans un grincement. Un escalier apparut et David se remémora alors les paroles de son père : « Si vous l'importunez et pénétrez dans ses appartements, vous n'en ressortirez pas vivants ! »

D'abord hésitant, il posa finalement un pied sur la première marche, puis, sans bruit, terrorisé à l'idée de réveiller quelque monstre tapi, descendit.

En bas, l'obscurité était totale. Tâtonnant à gauche et à droite, David chercha un interrupteur. Rien. Il activa le mode « lampe » de son téléphone portable et la pièce, d'une taille monumentale, se dévoila sous sa lueur blafarde. Il orienta fébrilement sa source de lumière en direction du quatrième soupirail.

Il était là, derrière un rideau rouge.

David tira sur l'étoffe de velours d'un coup sec.

Il aurait pu pleurer, mais il n'en eut pas la force.

Il aurait pu hurler, mais il garda le silence.

Devant le soupirail, devant cette seule voie vers la liberté, un mur avait été érigé.

4

Garance

L'atmosphère du bureau, auparavant si apaisante, était devenue anxiogène. Un épais nuage de fumée emplissait la pièce et l'odeur âcre du tabac rendait l'air irrespirable.

Garance écrasa le cigare dans le cendrier. Un haut-le-cœur lui soulevait l'estomac et une migraine martelait ses tempes. Confuse, elle se leva et chancela tel un fantôme. Son corps lui appartenait-il encore ? Son âme avait-elle déjà rejoint les limbes ? Était-elle condamnée – à l'image de Nicole Kidman dans le film *Les Autres* – à hanter la Casa pour l'éternité ? Garance devait en avoir le cœur net.

Dans un tiroir, elle chercha le coupe-papier de son père et fit glisser la lame au bout de son index. Du sang jaillit. Garance le suça en grimaçant. La douleur constituait la preuve ultime qu'elle était encore en vie.

Elle se dirigea vers la porte et tendit l'oreille. David ne s'agitait plus dans la salle à manger. Elle devait lui parler. Ensemble, ils élaboreraient la version officieuse à donner aux enquêteurs. Sans elle, Garance finirait le reste de ses jours derrière les barreaux.

Les larmes lui montèrent aux yeux. Elle les retint de couler.

Déterminée, elle se planta face à un miroir et rassembla les arguments de sa plaidoirie mensongère autour d'un axe de défense : l'assassinat de Solène était un accident.

Il fallait maintenant convaincre David. Mais avait-elle suffisamment de courage pour affronter le regard de son frère ?

Indécise, elle se mit à tourner comme un lion en cage. Elle fourra les mains dans ses poches et ses doigts effleurèrent la petite clé dorée qui s'y trouvait. Elle l'extirpa, l'observa longuement et repensa au petit carnet en cuir. L'heure n'était pas à la lecture, pourtant, Garance aurait jeté son dévolu sur n'importe quelle occupation capable de lui faire oublier l'atrocité de cette soirée.

Elle se dirigea alors vers le coffre-fort, le déverrouilla et s'empara du carnet. Elle défit le lien qui retenait la couverture et reprit place dans le fauteuil club.

La peur me transperce de part en part.

Mon front est trempé de sueur. Mon cœur tambourine dans ma poitrine. Mes mains sont moites. Mes doigts tremblent autour de ma plume, terrifiés à l'idée d'écrire ce que mon cerveau se prépare à leur dicter. J'ai longtemps hésité avant de coucher ces mots sur le papier, tiraillé entre deux sentiments : partager mon histoire ou la taire à jamais. J'ai finalement pris la décision de la raconter et je dois à présent être courageux et aller jusqu'au bout de ma démarche.

J'ai choisi ce carnet en cuir au papier jauni par le temps. Jamais je n'aurais cru, un jour, noircir ces pages de mon encre pour relater une tragédie aussi effroyable que celle vécue par ma famille.

Et pourtant…

La vie est cruelle. On se croit à l'abri du malheur. On pense que les meurtres ne s'inviteront jamais dans notre foyer, que seuls nos voisins peuvent être les protagonistes de faits divers sordides. C'est faux. Les drames frappent n'importe qui, n'importe quand. L'horreur est commune. Elle nous guette tous.

Avant de commencer mon récit, je dois préciser un point. Depuis toujours, la généalogie me fascine. Enfant, je m'amusais à dessiner des quantités astronomiques d'arbres et à inscrire dans leurs feuillages les noms de mes proches. Peu à peu, cette passion devint dévorante et je brûlai d'envie d'en apprendre plus sur mes ancêtres. Mon objectif : dessiner le plus beau et le plus touffu des arbres généalogiques. Je sollicitai l'aide de mon père, mais il refusa. L'air sévère, il me conseilla d'occuper mon temps libre à d'autres loisirs et me suggéra d'aller jouer dehors avec les enfants de mon âge. Déçu, je retournai dans ma chambre. Je me fichais de lancer des billes ou de courir après un stupide ballon. Je n'étais heureux qu'avec une feuille de papier et des crayons de couleur.

Adolescent, mon amour pour la généalogie s'étiola. Personne ne voulait compléter l'arbre des Belasko avec moi. À quoi bon porter un intérêt à un projet irréalisable ?

Je suivis des études en ingénierie et, mon diplôme en poche, j'envoyai ma candidature dans une entreprise ferroviaire qui m'embaucha sur-le-champ. L'année suivante, je rencontrai Luisa. Cette petite brune pétillante fit chavirer mon cœur. Six mois plus tard, je l'épousai et nous nous installâmes dans une jolie maison. Un an s'écoula et Luisa donna naissance à notre premier enfant : Pablo.

Très vite, nous comprîmes que notre petit garçon était « différent ». Pablo était un bébé capricieux. Il ne s'intéressait pas à ses jouets, ne riait pas à nos grimaces et refusait le sein. Le soir venu, nous redoublions d'imagination pour qu'il s'endorme. Il se réveillait en pleine nuit, hurlait et pleurait pour qu'on le câline. Il ne trouvait la quiétude que dans la chaleur de notre couche, lové contre nous.

À l'âge de cinq ans, Pablo faisait encore pipi au lit. Le médecin nous certifia que notre fils était en pleine forme et nous conseilla de ne pas nous inquiéter. Selon lui, il nous fallait être plus sévères et ne plus céder aux caprices de notre enfant. Nous mîmes ses conseils en pratique, mais le temps passa et l'état de Pablo ne s'améliora pas. Pis, il s'aggrava.

Six ans après la naissance de notre premier fils, Luisa accoucha de Rodrigue, puis deux ans plus tard d'Antonio. Ces bambins furent une vraie bouffée d'oxygène : ils étaient sociables, joyeux, aimants et nous apportèrent le bonheur et la légèreté qui nous manquaient. Ce changement eut un impact certain sur Pablo. Notre fils aîné cessa de faire pipi au lit et devint moins capricieux, mais il s'enferma dans un mutisme profond. Il mangeait peu, ne jouait jamais avec ses frères et ne parlait quasiment pas. En revanche, à l'école, il était brillant. Il excellait en arithmétique et en histoire. Le corps enseignant saluait son intelligence, mais déplorait qu'il soit si renfermé, si solitaire.

Un jour, un de ses professeurs nous convoqua. Il nous expliqua avoir surpris Pablo, dans les toilettes, tenir une conversation avec son reflet dans le miroir. Nous interrogeâmes notre fils à ce sujet, mais il garda le silence. Luisa insista pour le conduire chez un autre médecin mais je m'y opposai. Aujourd'hui encore, je me demande pourquoi j'ai agi de la sorte. Avais-je honte de mon petit garçon ? Oui. Honte qu'il soit malade. Qu'il soit différent.

Et le pire arriva.

Pablo venait d'avoir seize ans.

En ce dimanche après-midi, Luisa et moi étions dans le salon. Je lisais le journal pendant qu'elle rapiéçait mes pantalons. Les enfants s'amusaient dehors et j'avais été surpris que Pablo, réfractaire d'habitude à l'idée de jouer avec ses frères, se joigne à eux. À 16 heures, Luisa, qui voulait servir le goûter, me demanda d'aller chercher les enfants. Je posai mon journal et sortis dans le jardin. Les garçons étaient introuvables. Inquiet, je fis le tour de la propriété au pas de course avant d'apercevoir, enfin, la silhouette de Pablo. J'approchai en l'appelant. Il se redressa et pivota vers moi : son visage était moucheté de sang.

Paniqué, je me précipitai jusqu'à lui et le saisis par les épaules. Le secouant sans ménagement, je lui demandai si lui ou l'un de ses frères était blessé. Pour toute réponse, il baissa les yeux. Je suivis son regard. À quelques mètres, dans les hautes herbes, gisaient Rodrigue, dix ans, et Antonio, huit ans. De nombreuses auréoles rouges tachaient leurs vêtements. Plusieurs entailles striaient leur poitrine.

Sonné, je pris mes deux garçons inconscients dans les bras et m'élançai dans le domaine en hurlant. Leurs corps étaient lourds, mais l'urgence de la situation me fit ignorer leur poids. Épuisé, je glissai et m'effondrai dans le chemin de terre. Luisa vint à ma rencontre et perdit connaissance en découvrant ses fils couverts de sang.

Deux heures plus tard, Rodrigue et Antonio succombaient à leurs blessures.

La police interrogea Pablo sans parvenir à comprendre pourquoi il avait poignardé ses frères. J'essayai à mon tour, sans plus de succès. De nombreux médecins tentèrent de lever le voile sur ce mystère, mais Pablo demeura une forteresse impénétrable.

Un an s'est écoulé depuis cette tragédie. Mon fils purge sa peine dans un centre pénitentiaire pour mineurs. Il est, certes, coupable, mais n'est pas l'unique responsable du chaos qu'il a engendré. Mes mains sont, aussi, tachées du sang de mes enfants.

Je n'ai pas su empêcher le drame. Je n'ai pas apporté mon aide à Pablo quand il en avait besoin. J'ai minimisé ses troubles et refusé d'admettre que mon fils était différent. Je craignais le regard des autres. Je redoutais qu'on me juge. J'avais honte.

Traumatisé par ces événements, incapable de reprendre le chemin du travail, j'exhumai mes recherches en généalogie et me jetai à corps perdu dans cette occupation. Je m'attachai à mon passé pour combler le vide abyssal de mon présent. Mes investigations me conduisirent jusqu'au XVe *siècle. Mon arbre s'étoffa, plus majestueux que jamais. Des centaines de noms composèrent son feuillage. Mais plus il grandissait, plus l'effroyable vérité s'imposait à moi : les Belasko étaient maudits.*

Oui, je le dis sans détour : un mal pèse sur notre lignée. Il se transmet depuis des siècles, de génération en génération, et rien ne semble pouvoir l'arrêter.

Sauf notre vigilance.

J'écris ces mots pour qu'ils soient lus. Pour que les pères de famille empêchent d'autres crimes d'être commis. Pour qu'ils veillent sur leur progéniture et agissent au moindre doute. Pour qu'ils ne commettent pas les mêmes erreurs que moi.

Car, par lâcheté, je suis resté les bras croisés.

Et aujourd'hui, la culpabilité me ronge.

Un jour ou l'autre, elle me rendra fou.

Hélas, ce n'est qu'une question de temps.

Alejandro Belasko – 1861

5

David

Grâce à la lumière de son téléphone portable, David identifia enfin un interrupteur à droite de l'escalier. Lorsqu'il l'actionna, une suspension recouverte d'un tissu poussiéreux s'éclaira.

Une dernière fois, David s'assura que le soupirail – sur lequel il avait placé tous ses espoirs – était bel et bien condamné. Il tira le rideau rouge et caressa les pierres du bout des doigts. Sa seule option pour retrouver le monde extérieur était une voie sans issue.

Il détailla l'énigmatique pièce où il se trouvait. Sa superficie était impressionnante mais son plafond, très bas, obligeait David à se tenir voûté. Une odeur de champignon flottait dans l'air, semblable à celle qui embaume souvent les caves des maisons anciennes.

Les murs et le sol côté ouest retinrent son attention. Ils étaient entièrement noircis. Ces traces étaient-elles le produit de la saleté ou dues aux flammes d'un incendie ? Incapable de répondre à cette question, David poursuivit sa visite.

Au centre de la pièce était disposée une table en bois, nappée d'une couverture blanche brodée, où trônait un crucifix sur pied. Une dizaine de cierges à moitié consumés l'encerclaient. Cet autel ne semblait pas abandonné. Papa, même affaibli, devait s'y rendre régulièrement pour prier.

Derrière la croix du Christ, était suspendu un immense panneau en liège, recouvert de photographies en noir et blanc. Une petite étiquette légendait chaque cliché. La plupart de ces hommes et de ces femmes portaient le nom de Belasko.

David fut parcouru d'un frisson : certains portraits avaient été pris *post mortem*, notamment ceux de plusieurs enfants, immortalisés dans leur cercueil, mains rassemblées sur la poitrine autour d'un chapelet.

Perturbé, David détourna le regard et focalisa son attention sur les articles de presse punaisés sur la partie gauche du panneau. L'un d'eux, intitulé « Incendie mortel chez les Belasko », datait de 1928. Une photographie de mauvaise qualité l'illustrait. On y voyait la maison cernée de pompiers équipés de lances.

David décrocha la coupure et se dirigea au fond de la pièce. Aucun doute : les flammes avaient tenté de dévorer la Casa, mais les secours étaient arrivés à temps pour l'empêcher d'être réduite en cendres.

D'après les premières constatations, l'incendie aurait été d'origine criminelle. Le journaliste racontait que Victor, vingt ans, et sa sœur Paula, seize ans, se trouvaient seuls à la Casa lors du drame. Leurs parents, Gabriela et Fernando Belasko, ainsi qu'Eduardo, leur fils aîné – le père d'André – étaient en vacances en Espagne. Durant leur absence, Victor aurait muré le soupirail, aspergé le sol d'essence pour ensuite piéger et immoler Paula dans la cave. Rongé par les remords, il aurait finalement appelé les pompiers. La jeune fille, grièvement brûlée, serait décédée à l'hôpital quelques heures plus tard.

Une semaine après les faits, une autre version était rapportée par la presse : celle de Louis Belasko, commissaire de police. Selon lui, Fernando, son frère, aurait lui-même condamné le soupirail – un mois plus tôt – pour prévenir tout cambriolage. Quant à l'incendie, il était accidentel : Paula aurait voulu fumer le cigare en cachette et se serait enfermée dans la cave par mégarde.

Les dires du commissaire avaient été appuyés par le témoignage de Fernando. Verdict : Victor était innocent. L'affaire fut classée.

Les deux frères auraient-ils maquillé ce meurtre en accident ? Fernando, craignant que son fils finisse ses jours en prison, aurait-il fourni un faux témoignage ? Pour David, ça ne faisait aucun doute. Son père partageait-il les mêmes soupçons ? Sûrement. Ce qui expliquait son refus d'évoquer le passé de la Casa et l'histoire de ses ancêtres.

Songeur, David délaissa le panneau en liège et s'intéressa à un arbre généalogique posé contre un mur. Le dessin, orné d'enluminures rehaussées de feuilles d'or, avait été réalisé à l'encre noire sur un Vélin d'Arches. Un véritable travail de bénédictin. Les premiers Belasko recensés étaient nés en 1458 et trois fils parachevaient cette généalogie. Deux d'entre eux étaient décédés à l'âge de huit et dix ans : Antonio et Rodrigue. À droite du prénom de leur frère aîné était collé un Post-it. Le commentaire, rédigé de la main d'André Belasko, était glaçant.

Pablo. Poignarde ses frères.

Des dizaines de feuillets apportaient des précisions tout aussi macabres sur d'autres membres de la famille :

Julio. Étrangle sa sœur et ses frères.

Alonso. Empoisonne ses frères.

Claudio. Poignarde ses frères et sœurs.

Ernesto. Tue sa sœur à coups de hache.

Un spasme violent contracta l'estomac de David.

Depuis plusieurs siècles, les Belasko assassinaient les leurs. Une histoire familiale sanglante qu'André Belasko avait tenté de garder secrète. Dans cette cave, il avait aménagé un autel pour prier et protéger les siens. Pourtant, malgré toutes ses dispositions, ses descendants avaient, eux aussi, cédé à leurs plus basses pulsions.

Et, ce soir, l'histoire s'était répétée.

Deux notes pouvaient à présent compléter cet arbre généalogique :

Mathieu. Bat son frère à mort.

Garance. Étrangle sa sœur.

Partagé entre la terreur et l'incompréhension, David se sentit défaillir. Il prit appui contre une étagère et, haletant, essuya la sueur qui coulait dans sa nuque. Sa vision se troubla et il redouta une nouvelle crise de panique. Mais il devait tenir bon et poursuivre ses recherches dans cette cave.

Reprenant ses esprits, il inspecta des livres alignés sur une étagère. La plupart traitaient de maladies mentales, notamment de schizophrénie, mais aussi d'hérédité et d'atavisme. David choisit un ouvrage intitulé *La Malédiction rationnelle* et parcourut le résumé en quatrième de couverture.

La criminalité est-elle inscrite dans le code génétique d'un individu ?

La folie meurtrière est-elle héréditaire ?

Peut-on échapper à sa destinée ?

Vingt ans de recherches ont été nécessaires au professeur Edgar Howard pour répondre à ces questions.

Dans cet essai, l'auteur rationalise la notion de « malédiction » et démontre que – dans certains cas – la criminalité ne s'attache pas à la superstition mais bien à une notion d'hérédité.

Grâce à l'étude approfondie de dix lignées, Edgar Howard prouve que le gène pourpre – comme il l'a baptisé – existe, qu'il peut se transmettre de génération en génération et conduire les membres d'une famille à des comportements criminels.

David laissa échapper le livre qui frappa le sol dans un bruit sourd. Une douleur broya son cœur et il se mit à pleurer en imaginant que ce gène, terrible pulsion meurtrière qui empoisonnait le sang de sa famille depuis des siècles, puisse aussi couler dans ses veines.

6

Garance

— Papa ?

— Oui, Garance.

— Je peux te poser une question ?

— Bien sûr.

La petite fille, les joues teintées de rose, jouait nerveusement avec les plis de sa robe. Le sujet qu'elle se préparait à aborder était délicat et elle redoutait la réaction de son père.

— C'est vrai que notre famille est maudite ?

Il soupira, posa ses lunettes sur le bureau et se pinça l'arête du nez.

— Qui t'a dit ça ?

— Mes copines. À l'école.

— Quand ?

— Hier. Avant-hier. La semaine dernière. Elles n'arrêtent pas de m'embêter avec ça.

— Bien. J'irai voir ton institutrice demain. Tes camarades ne t'importuneront plus avec ces bêtises.

— Ce sont des bêtises ?

— Bien sûr, Garance ! Notre famille n'est pas maudite !

— Ce qu'on raconte dans la vallée est faux ?

— Évidemment !

— Pourtant, tu dis toujours qu'il n'y a pas de feu sans fumée.

— De fumée sans feu, Garance.

— C'est pareil. Alors ?
— Alors quoi ?
— Notre famille ?
— Tu sais que je ne veux pas en parler.
— Pourquoi ?
— À cause de certains événements.
— Des choses graves ?
— Oui.
— Pendant la guerre ? Avec des nazis ?
— Non, Garance.
— Mais…
— Non ! Tu es trop petite !
— C'est aussi ce que tu réponds à Mathieu et pourtant il a douze ans !
— Ce ne sont pas des histoires pour les enfants.
— Pourquoi ?

Las, André Belasko joignit les mains devant la bouche et planta son regard dans celui de sa fille.

— Quand on sait les erreurs commises par nos ancêtres, elles ne nous lâchent plus. Elles se terrent dans un coin de notre tête et, insidieusement, nous possèdent. On apprend à les dompter, on les apprivoise. On les cultive comme les fruits défendus d'un jardin et, un beau jour, on tend le bras, on les cueille, on les goûte. Et il est trop tard.
— Je ne comprends pas.
— Viens ici.

La jeune Garance fit le tour du bureau et sauta sur les genoux de son père. Il lui caressa les cheveux avec tendresse. Sa bouche s'entrouvrit mais pas un mot n'en sortit.

— À quoi tu penses, papa ?
— Je cherche un exemple.
— Ah…
— Voilà ! J'en ai un ! Tu as de mauvaises notes en dictée, n'est-ce pas ?
— Oui…

— Si je te dis que, depuis toujours, les Belasko sont nuls en orthographe. Et si, chaque jour, je te répète que tu le seras aussi, comme tous les autres avant toi. Que va-t-il se passer ?

— Je sais pas.

— Je vais te le dire. Tu vas arrêter d'écouter en classe et tu vas bel et bien devenir nulle en orthographe. Or, si je ne t'avais pas mis cette idée dans la tête, tu aurais étudié pour progresser, tu aurais fait des efforts, tu ne te serais pas laissé abattre. Et, au final, tu aurais excellé en français.

— Donc ?

La voix de son père se brisa lorsqu'il prononça ces mots :

— Si vous, mes enfants, connaissiez les tares de vos ancêtres, vous les développeriez sans même y être prédisposés. Vous vous persuaderiez de ne pouvoir échapper à votre destinée et vous reproduiriez alors les erreurs du passé. Je refuse qu'une telle chose arrive.

Garance voulut sourire à son père pour lui montrer qu'elle avait compris, mais il n'était plus là. Son fantôme s'était dispersé. Dans ce fauteuil en cuir, il ne restait plus qu'elle, ses souvenirs et le carnet en cuir. Doucement, les pages ondulèrent comme si une force inconnue les feuilletait. Garance découvrit alors qu'un autre témoignage, rédigé en français et griffonné au stylo, suivait celui de son ancêtre. Elle en identifia immédiatement l'auteur et, malgré son émoi, décida de lire ce texte. Qu'espérait-elle ? Que ces mots soulageraient sa conscience ? Qu'ils lui apporteraient du réconfort ?

Garance dévora le carnet jusqu'à la dernière page, puis extirpa de sa poche la lettre froissée de son père pour la jeter à ses pieds.

Dévastée, elle fit glisser le coupe-papier sur son bras. Elle caressa sa peau avec la pointe de l'objet, et, d'un geste brusque la planta dans son poignet. Elle hurla de douleur.

Reprenant son souffle, elle sortit la lame de la chair et procéda à une autre entaille. Sans un cri, cette fois-ci.

Ne pas ciller. Ne plus se plaindre. Souffrir en silence.

Ivre de colère et de chagrin, Garance s'acharna sur son autre poignet.

Sa tête se mit à tourner.

De ses veines blessées jaillissaient des rivières pourpres.

Rien ne stopperait la furie de ces eaux tumultueuses.

Sur le parquet, la lettre de papa s'imbiba de sang.

Les mots s'effacèrent les uns après les autres.

Seule une phrase demeura.

« *J'aurai tout fait pour vous protéger.* »

7

David

Les portraits de ses ancêtres.

L'arbre généalogique des Belasko.

La Malédiction rationnelle.

Voilà les premières images qui accompagnèrent le réveil de David.

Il frissonna en réalisant s'être endormi dans cet endroit sordide et se redressa avec empressement. Il épousseta son pantalon et, tout en massant sa nuque endolorie, ramassa le livre sur le sol pour le remettre sur l'étagère.

David leva les yeux vers la trappe dans le plafond. Les volets roulants ne s'étaient pas encore ouverts, mais l'heure sur son téléphone portable lui indiqua que ce moment allait arriver. Dix minutes seulement le séparaient de la liberté. Il devait se tenir prêt à quitter la Casa. Dès que les portes se déverrouilleraient, il sauterait dans sa voiture et roulerait jusqu'à la vallée pour prévenir les secours.

Tandis qu'il montait les marches de l'escalier, une idée lui traversa l'esprit. Incendier cette cave n'était-il pas la meilleure des solutions ? Non. C'était une erreur à ne pas commettre. La police pourrait interpréter dans ce geste l'envie de dissimuler des preuves, et David n'avait rien à se reprocher.

Il se retourna une dernière fois et imagina, sur le panneau en liège, les coupures de presse qui compléteraient, le lendemain, l'histoire des Belasko. Cette fois, il n'y aurait pas de commissaire pour étouffer l'affaire.

De retour dans le salon, il referma la trappe derrière lui et repositionna le tapis. Il évita du regard les dépouilles de Philippe, Mathieu et Solène, et se dirigea vers la porte du bureau.

— Nous allons bientôt pouvoir partir, Garance.

Pas de réponse.

— Tu es là ?

S'était-elle endormie, elle aussi ? Sans doute : les chocs traumatiques entraînent souvent une grande fatigue. Garance, apaisée par la quiétude du bureau de papa, avait certainement dû trouver le sommeil.

Impatient, David poussa la porte.

La violence de la scène qu'il découvrit le fit tomber à genoux.

Garance était assise dans le fauteuil club, la mâchoire relâchée, le teint livide, les yeux rivés droit devant elle. Ses bras pendaient de chaque côté des accoudoirs. Ses poignets étaient couverts de sang. Deux flaques rouges s'étaient formées sur le parquet. Dans l'une d'elles gisait un coupe-papier. Dans l'autre la lettre de papa.

Fou de chagrin, David rampa jusqu'à Garance.

Il aurait aimé pleurer mais aucune larme ne coula sur ses joues.

Il posa ses mains tremblantes sur les cuisses de sa sœur et dévisagea, hébété, cette femme qu'il avait tant aimée.

Elle était morte.

Ils étaient *tous* morts.

Il était le prochain sur la liste.

Personne ne sortirait vivant de cette maison.

David se blottit contre la poitrine de Garance, s'enivra de son parfum, puis, résigné, attendit que la faucheuse vienne le chercher.

Mais elle ne se présenta pas.

À sa place, une entité lumineuse descendit du ciel et se fraya un passage à travers l'ouverture circulaire du bureau. Sa silhouette s'étira jusqu'à remplir la pièce de ses lueurs. Son avènement fut accompagné d'un vacarme sonore qui fit sursauter David.

Il se précipita dans le salon.

Les volets roulants de la Casa se levaient.

La lumière du matin, douce et rassurante, inonda les pièces de réception.

David se posta devant une baie vitrée et ferma les yeux. La chaleur lui caressa le visage. Il s'immobilisa quelques secondes, le front collé contre ce dernier rempart le séparant de l'extérieur.

Les volets terminèrent leur course et des cliquetis retentirent aux quatre coins de la maison. Les portes se déverrouillaient.

David sentit le doute l'envahir. La Casa accepterait-elle de le laisser partir ?

Il n'y avait qu'une façon de le savoir.

Il s'élança dans le hall d'entrée, posa la main sur la poignée de la porte, marqua une pause et frémit lorsqu'elle bougea sous ses doigts.

Il courut jusqu'à sa voiture, prit place au volant et démarra en trombe.

Le portail en fer forgé s'ouvrit et David s'engagea sur le chemin de Nyme.

L'odeur de la sève.

La caresse du vent.

Le gazouillis des oiseaux.

Les couleurs de ce matin de juin.

Tout cela ne lui apporta aucun réconfort.

David était sain et sauf, mais il ne parvenait pas à s'en réjouir. Il savait que, si son corps avait survécu à la tragédie, son âme resterait, elle, à tout jamais prisonnière de la Casa.

Dans les couloirs de l'hôpital régnait le silence le plus total.

Le capitaine se leva et se pencha à la fenêtre. Les étoiles s'étaient allumées dans le ciel et une lune, presque pleine, éclairait de ses lueurs cette nuit d'été. Si un quelconque Dieu veillait au côté de ces astres, il devait maudire l'être humain. Sa création se montrait si vile, si haineuse, si dangereuse… Comment avait-il pu échouer à ce point ?

Jouvry pivota vers le lit et observa le *survivant*.

David avait tiré les draps sur sa poitrine et enfoui son visage dans un oreiller pour étouffer ses pleurs. Le capitaine, même s'il brûlait d'envie de poursuivre la conversation, respecta son chagrin et lui accorda quelques minutes de répit. Il patienta puis décida d'intervenir lorsqu'il constata que David ne parvenait pas à retrouver son calme.

— Vous devriez prendre vos cachets. Ils vous aideraient à…

— Je ne veux pas qu'on m'aide, hurla David. Je veux qu'on m'écoute !

— Je vous ai écouté.

— M'avez-vous cru ?

Jouvry ne put masquer sa surprise.

— Bien sûr ! Pourquoi en douter ?

— Parce que je n'arrive pas, moi-même, à croire en cette histoire !

David se remit à pleurer de plus belle.

Touché par son affliction, Jouvry s'assit sur le lit et posa sur l'épaule du pauvre homme une main amicale.

— Vous avez subi un lourd traumatisme. Il est normal que ces événements vous paraissent irréels.

— Vraiment, capitaine ? Et s'ils n'avaient pas eu lieu ? Si mon récit n'était qu'un roman, tout droit sorti du cerveau torturé d'un écrivain ? Oui. Voilà la réponse à cette folie ! J'ai raison et je le vois dans votre regard ! Vous vous apprêtez à m'avouer la vérité. Tout ceci n'est qu'une mascarade. Mes frères et sœurs ne sont pas morts. Ils m'attendent dans le couloir. Dès que vous en aurez donné l'ordre, ils bondiront dans cette chambre en riant et se jetteront dans mes bras. « On t'a bien eu, petit frère, hein ? » Je leur en voudrai, bien sûr, mais le bonheur de les serrer contre moi sera plus grand.

— David, je…

— Ou alors il s'agit d'une expérience. Je suis un patient schizophrène et vous êtes mon médecin. Ceux que je prends pour mes frères et sœurs ne sont en fait que de multiples facettes de ma personnalité.

L'engouement soudain de David à fournir une autre explication à l'horreur dont il avait été témoin attrista le capitaine.

— Non, je suis désolé. Mes collègues ont visionné les enregistrements de vidéosurveillance. La tragédie que vous avez vécue, et que vous m'avez décrite, est bel et bien réelle.

David fixa un point invisible et acquiesça malgré lui.

De sa voix la plus rassurante, Jouvry enchaîna :

— En revanche, les enregistrements ne disent pas si les secrets dévoilés cette nuit étaient vérité ou mensonge.

— Que voulez-vous dire ?

— L'enfant illégitime de Philippe. Les problèmes de drogue et de violence de Mathieu. Le vol de Garance dans le coffre-fort. Les hommes engagés par Solène pour agresser sa sœur…

— Tout est vrai, capitaine. Et ce sont ces révélations qui ont conduit mes frères et sœurs à la mort.

— Je croyais qu'il s'agissait d'une malédiction.

— Non ! La tragédie de cette nuit est rationnelle. C'est ce qui la rend effroyable. La luxure a tué Philippe. La colère a brisé le cœur de Mathieu. La gourmandise a mené Garance à sa perte. La jalousie a condamné Solène. Mes frères et sœurs ont péché. Voilà ce qui les a tués.

Choqué par la moralité de cette histoire, le capitaine ne répondit pas. Bien que d'accord avec les déductions de David, il n'oubliait pas que les enfants avaient été pris au piège dans la Casa. Une tierce personne était donc impliquée.

— Parlons des domestiques, proposa-t-il enfin. Vous n'avez aucun doute quant à leur culpabilité ?

— Pourquoi cette question ?

Jouvry baissa les yeux et réfléchit. Il fallait rester prudent et ménager David. Pourtant, impossible de ne pas lui faire part de ses soupçons.

— Nous pensons que Paul a joué un rôle déterminant dans…

— Vous l'avez interrogé ?

— Nous aurions voulu… Mais il est décédé ce matin. Il s'est pendu dans son appartement.

— Ça ne m'étonne pas.

Intrigué, le capitaine croisa les bras sur la poitrine et invita David à poursuivre.

— C'est lui qui a modifié les codes des tableaux de commande pour que nous soyons prisonniers de la Casa. Il a sectionné la ligne Télécom, coupé toute connexion et résilié l'abonnement avec le service de sécurité pour nous empêcher de prévenir les secours.

— Paul vous a piégés entre ces murs et, pris de remords, se serait suicidé, compléta le capitaine.

— Non. Il s'est suicidé quand il a su avoir été manipulé. Paul a obéi aux ordres qu'on lui a transmis. Il n'était qu'un pion sur l'échiquier et a participé, malgré lui, à un plan diabolique.

— Un plan et, en l'occurrence, un *vrai* coupable ?

— Bien sûr, capitaine. Un coupable. Et une arme.

— Une arme ?

— Une bombe ! On appuie sur le déclencheur et boum ! Tout explose !

— Je ne comprends pas.

Un sourire terrifiant fendit le visage de David.

— La lettre que nous avons lue cette nuit.

— La lettre ?

— Oui. C'est elle qui a semé la discorde. Les mots qui la composent ont été soigneusement choisis pour instaurer le chaos ! Même l'assassinat de ma mère n'était qu'un mensonge élaboré pour échauffer les esprits et mettre le feu aux poudres !

— Alors cette lettre n'aurait pas été rédigée par votre père mais par quelqu'un qui souhaitait la mort de vos frères et sœurs ?

David éclata de rire. Une lueur de folie traversa ses yeux. La bave coula de ses lèvres. Une fraction de seconde, Jouvry se demanda si l'homme en face de lui n'était pas réellement dément.

— Laissez-moi vous montrer quelque chose. Une preuve ! Vous la trouverez dans la poche de mon pantalon.

Sans hésiter, le capitaine se leva, fouilla dans le placard et apporta le vêtement demandé. David palpa le tissu et en extirpa un carnet.

— Voici ce que j'ai ramassé, ce matin, aux pieds de Garance. Je vous conseille de le lire, comme je l'ai fait avant d'entrer dans votre commissariat. Le premier texte a été rédigé par Alejandro Belasko ; le second, le plus utile pour votre enquête, est un témoignage signé de la main de mon père. Après en avoir pris connaissance, vous comprendrez comment la tragédie de cette nuit a pu se produire.

— Mais vous voulez dire que…

— Oui, capitaine. Je le dis. Je l'affirme. Lisez le carnet et vous découvrirez comment mon père, en rédigeant sa lettre d'adieu, orchestrait la mort de ses propres enfants.

Lorsque ce témoignage sera lu, je serai mort.

Philippe, Mathieu, Garance et Solène le seront aussi.

Il ne restera que David. Et la Casa.

J'assume la décision que j'ai prise, aussi radicale soit-elle. Je l'envisageais depuis très longtemps, mais la répudiais comme la pire des solutions. Hélas, avec le temps, elle s'est imposée à moi. Je ne pouvais plus me contenter de regarder ma famille sombrer dans la folie et le péché. Je devais agir.

Mais commençons par le début.

Quand j'étais enfant, mon père refusait d'évoquer le passé des Belasko. Je l'interrogeais sur mes grands-parents, mes arrière-grands-parents, mais il ne répondait à aucune de mes questions. Contre toute attente, il jugea opportun de me parler de nos ancêtres le jour de la naissance de Philippe. Il m'entraîna à la cafétéria de la maternité, commanda des cafés et s'assit face à moi. L'air grave, il me raconta comment Victor, son frère, avait enfermé et brûlé sa sœur Paula, et comment Pablo, quelques décennies plus tôt, avait poignardé ses deux frères. Il m'expliqua ensuite que, depuis la nuit des temps, la lignée des Belasko était jalonnée de drames familiaux, mais il se garda de me fournir d'autres exemples. Sa conclusion était sans appel : selon lui, notre famille n'était qu'un ramassis de criminels, de meurtriers.

Perplexe, j'attribuai ces divagations à l'émotion suscitée par la naissance de son premier petit-fils. Mais le doute s'immisça en moi lorsque mon père plongea ses yeux dans les miens et prononça ces mots : « Surveille-les, André. Ou ils s'entretueront. »

Obnubilé par ce message, je couvrais mes enfants d'amour, leur donnais la meilleure des éducations, leur enseignais le respect et le pardon. Je choisis de taire l'histoire de la Casa et celles des Belasko, tétanisé à l'idée que mes filles et mes fils reproduisent les horreurs du passé. J'allai jusqu'à leur interdire l'accès à la cave, dont je fis murer par précaution la salle dans laquelle avait eu lieu l'incendie. J'y installai un autel, persuadé que les prières que j'y réciterais nous protégeraient du mal.

Mes enfants grandirent et fondèrent à leur tour des familles, qui semblèrent saines et équilibrées. Leur bonheur me rassura. Les mises en garde de mon père se dissipèrent peu à peu. J'avais réussi : ma descendance suivait le bon chemin.

Mais, au fil du temps, je découvris les terribles secrets de mes enfants.

L'enfant illégitime de Philippe.

La violence de Mathieu.

La cupidité de Garance.

La redoutable jalousie de Solène.

Quand je mesurai le tort qu'ils avaient pu se causer, qu'ils avaient pu nous causer, je m'effondrai.

J'avais échoué.

Les protéger n'avait pas suffi.

Mon amour et ma vigilance non plus.

Mes enfants étaient des pécheurs et avaient commis des actes impardonnables.

Les mots de mon père revinrent me hanter.

« Surveille-les, André. Ou ils s'entretueront. »

Le cœur alourdi par les doutes, je me rendis, le 2 mai 2018, en Espagne, sur la terre de mes ancêtres. J'y retrouvai la trace d'une cousine qui m'ouvrit volontiers les portes de sa maison. Elle avait en sa possession une mystérieuse boîte en carton, léguée par un certain Alejandro Belasko. Elle contenait un arbre généalogique, ce carnet en cuir dans lequel j'écris, des photographies et de nombreuses coupures de presse.

J'étais persuadé – avant de prendre connaissance de ces documents – que les meurtres de Rodrigue, Antonio et Paula n'étaient que des événements isolés dus à un mauvais hasard. Erreur. Depuis des siècles, dans notre famille, les frères et sœurs s'entretuaient.

Je compris que, malgré mes précautions, ma descendance portait, elle aussi, la marque de ce mal et, qu'un jour ou l'autre, mes enfants passeraient à l'acte. Les péchés qu'ils avaient déjà commis n'étaient que les prémisses de l'horreur.

De retour en France, je m'abstins de partager le fruit de mes investigations avec mon épouse. Je ne lui révélai pas, non plus, ce que Philippe, Mathieu, Garance et Solène nous avaient caché. J'avais honte de lui avoir donné ces enfants qu'elle ne méritait pas ; honte de ces monstres qui avaient piétiné nos idéaux. Et que dire de leurs rejetons ? Se montreraient-ils pires qu'eux le jour venu ?

Le cancer me frappa quelques semaines plus tard. J'y vois deux responsables : les secrets exhumés lors de mon voyage et les forfaits de mes descendants.

Je me mis à en haïr quatre.

Philippe. Mathieu. Garance. Solène.

Je me renseignai sur la possibilité de les déshériter. Ils ne méritaient pas mon argent, fruit de toute une vie de labeur. Une fois riches, qu'étaient-ils capables de détruire ? J'en parlai à mon notaire, qui se fendit d'un éclat de rire : « En France, on ne déshérite pas ses enfants ! »

Je devais trouver une solution, mais aucune ne se profilait.

Elle se présenta finalement à moi un soir de janvier.

Quelques heures avant son « suicide », ma chère et tendre épouse était venue dans ma chambre me souhaiter une bonne nuit. Après avoir dîné avec les enfants, elle m'avait rapporté à quel point ils se détestaient, à quel point ils étaient devenus monstrueux. J'avais tenté de la consoler, mais ma fatigue était trop grande et les mots m'avaient manqué. Impuissant, je l'avais laissée pleurer sur mon épaule. Pas un seul instant j'avais imaginé ne plus la revoir vivante.

J'ai compris que mes enfants étaient responsables de la mort de leur mère. Leurs querelles et leur haine l'avaient poussée au suicide. Ils avaient assassiné mon épouse. La femme de ma vie.

C'en était trop.

Un Belasko devait agir et assumer son rôle de chef de clan.

Me sachant condamné, je rédigeai alors une lettre. Je choisis mes mots avec soin et semai les graines du chaos, les germes de la destruction. Mes sous-entendus seraient plus puissants que le plus redoutable des poisons. Puis je confiai à Paul quelques missions sans l'informer toutefois de mes motivations. Mon plan était parfait : piégés dans la Casa avec l'impossibilité de contacter l'extérieur, désinhibés par l'alcool qu'ils consommeraient pour noyer leur chagrin, éprouvés par la découverte de leurs secrets, mes enfants s'entretueraient.

Je les précipitai délibérément vers ce que j'avais toujours redouté qu'il advînt.

Mais dans un but précis.

Il ne devait en rester qu'un.

Le seul qui en vaille la peine.

David,

Ce qui suit t'est destiné.

Pardonne mon geste, mais il était nécessaire.

Quelqu'un devait arracher les mauvaises herbes de notre jardin. J'ai beaucoup parlé de pécheurs jusque-là. Il fallait donc éradiquer l'ivraie.

Tes frères et sœurs ne méritaient pas mon héritage. Pas plus que la vie. Pas plus que le nom de Belasko.

Je te confie la destinée de notre famille, ainsi que les clés de la Casa.

Veille sur la nouvelle génération.

Observe les faits et gestes de leurs enfants.
Guette la moindre faute, la moindre dérive.
Si tu as, ne serait-ce qu'un doute au sujet de l'un d'eux, suis mon exemple.
Protège la lignée.
Sauve notre honneur.
Et sacrifie les pécheurs.
Pour qu'enfin soit purifié le sang des Belasko.

André Belasko – 2020

Épilogue

Les ouvriers sont arrivés.

Ils enfilent leurs casques et leurs gants, s'installent à bord d'énormes engins et commencent ma démolition.

Une mâchoire de métal broie mon toit et m'arrache des cris que personne n'entend. Les humains se fichent de la souffrance des maisons. Savent-ils pourtant qu'elles ressentent la douleur ? Qu'elles éprouvent des sentiments ? Qu'elles ont un cœur qui bat sous leur charpente ? Le mien d'ailleurs est brisé. Depuis que ces hommes et ces femmes que j'aimais tant ont perdu la vie entre mes murs.

Pas une nuit ne passe sans que je revive l'horreur dont j'ai été témoin.

Pas un jour ne s'écoule sans que je pleure les Belasko.

Cette tragédie a fait la une des journaux. La télévision et les réseaux sociaux ont aussi parlé de moi. Personne n'a pu échapper à mon histoire. Un livre s'est même attaché à relater le drame vécu en mon sein. Je suis devenue *tristement* célèbre. Avec une telle presse, ma vente s'est révélée impossible. Aucun acquéreur n'a voulu de moi. Le sang avait taché mon parquet.

Dans l'inconscient collectif, j'étais maudite. Inhabitable.

Un projet de réhabilitation du domaine a été présenté à David. Un promoteur immobilier proposait ma destruction puis la construction de vingt maisons individuelles. J'ai prié pour que David n'accepte pas, mais il a signé cette offre et, par la même occasion, mon arrêt de mort.

Les meubles, les objets et les souvenirs des Belasko ont été emportés. Les camions de déménagement se sont succédé.

Seule, vidée, orpheline, j'ai attendu mon dernier jour comme un condamné la potence.

Ce jour est venu. Il est là.

Ma destruction était-elle la meilleure solution ?

Oui.

Depuis la tragédie, j'ai perdu le goût de vivre, d'aimer. Et je préfère mourir qu'être spectatrice, une nouvelle fois, de la haine des hommes.

Un vacarme assourdissant résonne dans la vallée.

Mon mur ouest s'effondre. Une décharge électrique me transperce. J'ai hâte d'être entièrement démolie. Dès lors, je ne sentirai plus rien. Je n'aurai plus de souvenirs. Je serai libre.

Je jette un dernier regard sur le paysage qui m'entoure, cette vue que j'ai tant admirée. Les vignes sont belles, mais je devine leur chagrin. Dans quelques semaines, elles seront déracinées et jamais plus le domaine ne produira de vin.

Le soleil matinal me frappe de ses rayons. Les oiseaux tournoient au-dessus de moi. Le mistral caresse tendrement mes baies vitrées.

C'est une belle journée pour mourir.

Mes adieux faits à ce monde, j'essaie de m'abandonner, mais une silhouette familière attire mon attention.

Après le drame – et bien qu'il ait dû partager l'héritage avec ses neveux et nièces –, David s'est retrouvé à la tête d'une fortune colossale.

Grâce à elle, il a pu s'en sortir.

Oui : s'en sortir.

Car, avant ce vendredi 21 juin, l'avenir de David était incertain. Il n'en parlait jamais, par fierté ou orgueil, mais je savais qu'il rencontrait de grosses difficultés financières. Un mauvais placement boursier lui avait fait perdre beaucoup d'argent. Endetté, il avait pourtant refusé de vendre son loft à Antibes, son chalet à Courchevel et ses voitures de collection. Son train de vie ne changerait pas malgré la faillite qui le menaçait. Je comprends. Quand on s'habitue au luxe, il devient indispensable.

Regarde-moi, David.

Je te vois, même si, dans cette vallée, tu es aussi petit qu'une fourmi. Je sais la douleur qui empoisonne ton cœur. La mort de tes frères et sœurs ne te laissera aucun répit. Dans tes songes, tu revivras sans cesse cette tragédie. Un lourd traumatisme marchera dans tes pas et t'accompagnera jusqu'à la tombe, celle dans laquelle tu emporteras aussi ton secret. Ce secret que tu n'as pas pu me cacher. Tu l'as dit toi-même au capitaine de police : « Lorsque maman s'est suicidée, il n'y avait qu'un seul témoin : la Casa. »

Je te le confirme, David : j'ai tout vu.

Avant d'agir, tu as dû entreprendre un long travail. Si tu voulais mener à bien ton plan, il fallait que tu surmontes ta peur de la mort. Tu t'es convaincu que le meilleur remède pour guérir cette phobie était de l'affronter. La cupidité peut faire tomber tant de barrières.

En ce mois de janvier, tu as réuni tes frères et sœurs au domaine. Être l'instigateur de cette réunion de famille te lavait de tous soupçons. Jamais un homme n'aurait rassemblé les siens pour commettre un meurtre.

Le soir venu, tu es entré dans la chambre de ta mère et tu t'es assis au bord de son lit. Tu connaissais les secrets de tes frères et sœurs et tu les lui as dévoilés, alors que son époux avait déployé tant d'efforts pour l'en protéger. Elle a découvert que ses chers enfants étaient des monstres. Tu lui as répété qu'elle avait été une mauvaise mère. Jusqu'à ce qu'elle plaque les mains sur ses oreilles pour ne plus entendre les horreurs que tu proférais.

— Tu as enfanté des dégénérés, maman.

Ensuite, c'était simple. Tu as rempli un verre d'eau et lui as montré les boîtes de médicaments sur la table de chevet.

— Tu sais ce qu'il te reste à faire.

Elle t'a dévisagé, les larmes aux yeux, sans dire un mot. J'ai retenu mon souffle et espéré qu'elle ne cède pas… Mais elle s'est exécutée et a ingurgité une quantité effroyable de cachets. Rien ne semblait pouvoir l'arrêter. Elle s'est mise à tousser. Tu as caressé sa main pour qu'elle se calme.

— Chut ! Pas de bruit.

J'ai fait craquer mes parquets pour tirer tes frères et sœurs de leur sommeil, mais pas un ne s'est réveillé, pas un ne t'a surpris.

Tu as quitté cette chambre, fermé doucement la porte et es retourné te coucher. À aucun moment tu n'as éprouvé de regrets.

Pourquoi avoir commis un tel acte ?

Inutile de répondre. Tes motivations étaient claires : si M. et Mme Belasko décédaient au cours de l'année, leur héritage te permettrait de t'en sortir. Ton père ne constituait pas un problème : ses jours étaient comptés et les médecins t'avaient dit qu'il serait mort avant l'été. Il ne restait plus qu'à te débarrasser de ta mère pour empocher l'argent. La plus machiavélique des solutions pour sauver tes finances.

Celle que tu as choisie.

Regarde-moi, David.

Enfin, tu m'entends, tu me vois ?

Sens-tu ma tristesse, ma colère ?

Sens-tu ce mal qui coule dans tes veines ?

Le gène pourpre mute.

Il devient de plus en plus féroce. Tu en es la preuve : pour la première fois dans l'histoire de la lignée, un enfant a assassiné l'un de ses parents.

Ironie du sort : André Belasko, ton père, avait placé tous ses espoirs en toi, ce monstre. Son amour et sa confiance l'ont aveuglé.

Si de là-haut, il comprend sa méprise, je crois que ça le tuera une seconde fois.

Regarde-moi, David.

Écoute-moi.

Tu n'échapperas pas à la malédiction.

Une nuit, l'un de tes fils te réveillera. Tu ouvriras les yeux et verras le canon d'un fusil collé sur ton front.

Une balle en sortira et se logera dans ton crâne.

Voilà ce qui t'arrivera.

Car les crimes des humains ne restent pas impunis.

Je fais confiance au destin.

Et je sais qu'il s'occupera de toi.

Remerciements

Merci à :

Éric, mon âme sœur.
La formidable équipe des éditions de l'Archipel.
Manon Vercouter.
Michel Goujon.
Caroline Vallat, Cyrielle Kubler, Anne-Laure Billon, Maria Defour, Raphaël Panarisi, Gérald Escudero, Gilbert Castellino et tous les libraires qui ont défendu mon premier roman.
Aux blogueuses et blogueurs qui m'ont soutenue.
Christine Liogier, Yvan Fauth, Marc Chassaubéné, Baptiste Rollet, Éric Viou et Jean-Pierre Thizy pour les coups de projecteurs. Et pardon à tous ceux que j'aurais oublié de citer.
Aux lectrices et lecteurs pour leur enthousiasme et la chaleur de leurs réactions à la suite de la parution de *L'Art du meurtre*.

Merci enfin à ma famille qui, heureusement, ne ressemble en rien à celle des Belasko.

Cet ouvrage a été composé
par Atlant'Communication
au Bernard (Vendée)

Impression réalisée par

NORMANDIE ROTO S.A.S.
à Lonrai (Orne)

en février 2021
pour le compte des Éditions de l'Archipel
département éditorial
de la S.A.S. Écriture-Communication

Imprimé en France
N° d'impression : 2100766
Dépôt légal : janvier 2021